深情

SHEN QING

曹雷 著

天津出版传媒集团
百花文艺出版社

图书在版编目（CIP）数据

深情 / 曹雷著 . -- 天津 : 百花文艺出版社，2022.9

ISBN 978-7-5306-8328-6

Ⅰ . ①深… Ⅱ . ①曹… Ⅲ . ①散文诗—诗集—中国—当代 Ⅳ . ① I227.6

中国版本图书馆 CIP 数据核字 (2022) 第 170244 号

深　情

SHEN QING

曹雷　著

出 版 人：薛印胜
责任编辑：魏　青
装帧设计：書點文化
出版发行：百花文艺出版社
地址：天津市和平区西康路 35 号　邮编：300051
电话传真：+86-22-23332651（发行部）
+86-22-23332656（总编室）
+86-22-23332478（邮购部）
主页：http://www.baihuawenyi.com
印刷：四川成都科德彩色数码科技有限公司
开本：880 毫米 ×1230 毫米　1/32
字数：157 千字
印张：6.25
版次：2022 年 9 月第 1 版
印次：2022 年 9 月第 1 次
定价：68.00 元

如有印装质量问题，请与四川科德彩色数码科技有限公司联系调换
地址：成都市郫都区成都现代工业港北片区港北二路 551 号
电话：028-88451797　邮编：610021

作者近影

目　录

◎ 第一辑　深　情

◎ 第二辑 偶 得

◎ 第三辑　读　悟

◎ 第四辑　游　思

第一辑 深情

嘉陵江月令

千里嘉陵江水色
含烟带月碧于蓝
——唐 / 李商隐

一月

嘉陵江，跌跌撞撞，筚路蓝缕，从前世的野滩里蹒跚而过，在今生的峡谷中挣扎向前，蜿蜒在千山万壑，一路南下。在我身边，她多么需要一次安睡。

水啊，也有流累的时候。从蛮荒的深山老林里流出，从古人的诗行中流来，再从我们的血脉、骨髓和体温中流过。

此时，在卵石和沙砾铺成的河床上，累了的水，蜷伏在那里，像我们操劳经年的白发母亲，轻轻发出了均匀的鼾声和喘息声。

烟霞散尽，月落暗礁。一袭衣衫，缀满了碎片一样的蓝色补丁。

二月

再睡一会儿吧，母亲。

春风的剪刀，才刚刚张开刃口，还没有裁出河柳的新衣，还不能割裂凝结在你发梢上的冰凌。

嘉陵江，光阴刻在你脸上的层层皱纹，就由着水面的涟漪去摹写，就由着纸上的诗笔去追随吧。

守护你的儿子，是周围的丘陵山冈，

伺候你的女儿，是两岸的花草树木。

我就在他们的中间，不离你的左右。在水边，在你身边，我们每一次的来去，都会把脚步放得轻轻。

三月

桃花在左岸红了，李花在右岸白了。

那年月，一江好水也避不开青黄不接。临水照影的燕子，归来后，也衔不走旧时的哀愁。

水流千里，载不动你的残梦呓语。

我知道，你最深处的牵挂，是这个时令厚重的一片潮湿：当年远走的采桑女现在何地？下岗的织绸女今又何方？

落英缤纷，顺江漂流。那些日渐模糊起来的影子，会在何时，捎回她们的归期？

四月

是什么搅动了你的平静？水边的石榴树正酝酿该怎样结籽。

一滴水。一个故事。一段传奇。一块礁石镌刻着一个名字：远有落下闳，司马相如，谯周，陈寿；近有朱德，张澜，罗瑞卿……

一个又一个饱满的石榴，在两岸枝叶间闪烁。

好水。绕过一座丘陵流向又一座丘陵，每一个渡口或码头都能打捞起命运的砂金。

江流石不转，每一道水纹都是迷人的传说。

流水。落花。流落在江畔星罗棋布的茶馆里。

四月之魅，在于谁来继续播下种子，谁来细心采摘。

五月

流啊。流啊。滔滔逝水。追寻着一行行足迹，喘着一口口粗气，日夜南下不停。

一路南去，脚步踉跄。利爪一样的江风撕扯褴褛的衣，残破的帆，晃晃悠悠的纤绳荡起难测的凶险。

流啊。流啊。就像那时的滚滚人潮，从湖广流进四川，双肩挑着东西两岸。嘴角流血的子规鸟，夜半都在啼鸣，呼唤世间该有的春天。

嘉陵江，一条先民的大河，一方族群的万水千山。

六月

这时候，水流有了短暂的平缓。水色，在该碧的流域碧，又在该蓝的江湾蓝。

似乎要让人觉察，许多秘密就要一一呈现。

那么，可以去青居镇，看一看那一湾天下不二的曲流。

还可以去西关乡，问一问那一幅回旋流动的绝版太极。

顺路仰望一座座威慑河妖的巍峨白塔，从唐宋到明清，几千年气息一脉相承，护佑着水边的后世子孙。

发现没有？无论是礁石上落单的白鹭，还是赤脚捕捉鱼虾的孩子，以及浣衣的村姑，天地间，有什么比他们更美。

七月

神秘如画。满江跳跃着金灿灿的浪花。

太阳的全部炽热，融入江中，沉落江底，被转移到更深的地心。

是时候了，一群头戴铝盔的人，来到水边安营扎寨，迎朝阳初升，又送夕阳西下。

青年刘秉义的歌喉就像一条通道，眨眼间，嘉陵江深藏的秘密从这里传遍了大江南北。

至今，一口口油井里，潺潺流淌的天然气。宛若看不见的另一条河流，仅仅用富饶一词，依旧不能对它准确地勾画。

一江好水，滴滴珍贵如油。

八月

目前正是夏天，一江好水突然变脸，不再是一匹优雅、温情的柔软丝绸。

一场连天不绝的暴雨中，流失的水土狂泻而来。

浪堆。洪涛。旋涡。溃水。在每一个人眼里布满惊恐和浑浊。

河床溢满了咆哮。那些志在必得的波峰，习惯上被定性为一种灾难，紧张的船工号子，在断桡残橹的折断声中四散跑调。

沿着江岸，花朵只能选择背井离乡。

苇丛。一群野鸭眼神透出迷茫，它们不知道，会有谁，能为自己的家园晾干泪湿的月色？

九月

洪水退去，花朵重归故里。

现在，平静下来的江面上，一只打渔船在疾驶，仿佛一枚梭子，要把岁月的裂口缝补。

清凉的江风迎面吹来，就像一只真诚的手，为我们梳理纷乱的头绪：

什么时候，谁来为水中的白云洗去污泥？

谁能够夺取那些斧斤，扔向山坡，让它长成树林？

什么时候，谁又来把江心的白塔倒影扶起？

明白了吧，水边的命运，无论是上游下游，嘉陵江，绳索一样把我们绑定在了一起。

十月

每一座河坝，每一道河堤，都有一万枝芭茅花在聚集。

白的，灰的，紫的，红的……火焰般狂放。这水染的秋色，谁的目光一碰上，就会呼啦啦地燃烧。这野性的爱，一旦盯上了你，就会不依不饶。

嘉陵江啊，此时，你流得最为欢快，最为舒畅。所到之处，她们集体站立，夹道为你鼓掌。

天蓝。水碧。秋高。气爽。今夜，河道就是你的婚床，月朦胧，水缠绵，风柔软，她们都愿成为你的新娘。

她们都配得上你经历的沉浮和丰富的沧桑。

十一月

水瘦了，一天天进入到枯水季节。

憔悴。疲惫。不再丰盈。一江好水，也需要稍作停顿，并适时放慢自己的流速。

从哪里流来，又将流去哪里？也需要随时随地扪心问问自己。

千里嘉陵江啊，流出陕西，流过甘肃，流进四川，流向重庆。你知道长江在等你，要带你一起去踏上更远的行程。

而大海，真的就是你最后的归宿吗？

在水边，人的一生就是一朵浪花，此岸彼岸，都在悄悄长大。或逆流而上，或顺流而下，然后娶妻生子，传宗接代，回望忧伤的故乡；然后把影子还给光，肉身还给尘土，灵魂还给水；然后成为另一朵浪花。

而嘉陵江，又该把自己还给谁呢？

十二月

流啊。流啊。滔滔逝水穿越时空，一路南下，暗藏了多少无人知晓的期许甚至隐秘。

你可记得？寒风中最后一朵野菊，在一个日子泛出了金黄的光晕。那是我最初的啼哭，由一个普通的母亲交给了你。嘉陵江啊，从此，我在川东北丘陵地带，享用着你千里中最好的六百里母爱，共沐风朝雨夕。

五十多年和你寸步不离。生是你的，死是你的；肉身是你的，灵魂是你的，只为传承平凡的生生息息。

守着你，就是守着祖祖辈辈、子子孙孙永不枯竭的生命之源。

日月轮回时。嘉陵江啊，你就是贯穿千年的那一声叹息！

夕阳下的老纤夫

那些浪花翻卷的故事，一点一滴地沉落在江底，混浊空茫的眼眶中，只剩下回忆还在熄了又亮，亮了又熄。

夕阳下独坐水边，慢慢老去的身影，渐渐幻化成沉默的礁石。

似乎受着什么牵引，让我把目光执拗地追向你——

是你从旋涡里飞出的悲怆呐喊，还是你在绝壁陡崖留下的纤绳勒痕？

是峡谷险滩上空你吼响的船工号子，还是你在野渡码头高高挂出的桅灯？

嘉陵江，就像一根长长的纤绳，绑定了你一生的命运，在险象丛生的水路上匍匐前行。

江风轻轻吹。这絮絮叨叨的讲述里，有烈火般的山桃花烧灼你的急迫喘息；有柔软的芦苇缠绵着你的低沉呻吟；还有如水的月光下，你执手惜别的含情叮咛……

这些属于你的，梦幻一样的传奇，是江天上越飘越远的淡淡烟云。

而眼下，时光老去，时代却焕然一新。

夕阳下，我只能望着你慢慢固化为一尊雕像，定格成嘉陵江河运史的缩影！

旧码头

桨声音杳，帆影无踪。纤夫的悲怆深深地嵌进了石缝。

码头旧了，被废弃在水边。

一天天风化成时空中的文物，颓败成人们眼里的古董。

如果不是告老还乡，谁的脚步声还能惊醒我的沉梦？谁在尘埃之上，还会把目光落在你的身上？

当一日千里的江水，选择了飞跨东西两岸的大桥做自己的陪衬，码头，注定在冷落中衰老。

不再有解缆或起锚的手，为你送往迎来；不再有高高的桅灯，为你照耀日升月降；

唯有岸礁上厚重的青苔，铺展你的千年风霜。

残缺的石梯扶着我拾级而上。这一段杂草葳蕤的时光里，掩映着岸一程浪一程的内容、月一夜雨一夜的情节和热一季冷一季的缠绵。

不见了头顶木盆从河滩归来的浣衣女，柔软的腰肢把一江暮色扭曲；不见了拎着酒瓶，哼着小曲的拉船汉，摇摇晃晃醉倒在相好的门槛……

儿时的场景，在眼前碎成一片片重重叠叠。

嘉陵江一去不回头，带走了码头上多少故事，却没留下旧时人物的下落，也没留下青梅和竹马的去向。

春天抱着你如约而来

——写给我的长孙火火

一

大盆地母腹一样蠕动，越来越激烈的呼吸声里，传递出幸福的阵痛。天空安静地蓝着，一任云彩裁剪成干净的襁褓，一任云彩下面的城市幻化成巨大的摇篮。

这是四月里一个并不起眼的日子，远远近近，却只有同一个声音在说出或者在回应——

花朵在芬芳中说：你就要来了，要来了，
泥土在暖风中说：你就要来了，要来了，
命运对轮回说：你就要来了，要来了，
祈愿对未来说：你就要来了，要来了。

我看到一只无形的手，把所有亲人的期待和张望归拢在一起，又放在同一个时间同一个方向上。

我意识到，这个不起眼的日子，就要被一个普通姓氏永久珍藏；这个春天就要在一部平凡的家谱上明媚地闪耀。

二

预测的那一刻终于降临。

仁慈的上苍双手合十，生命之门徐徐开启，春天抱着你如约而来！

那一刻，鸟声和鸣，花香扑面，潮水在胸中起伏澎湃，涌动无边无际的狂喜。

那一刻，神的恩赐，给予我一个爷爷的辈分。一条血亲的暗河，流过周身，在世间完成了一次亘古不竭的循环延续。

火火！唤着你的乳名，欢欣的泪水从眼角溢出，我枯槁的容颜，也迅速返青。

上苍呀，这最美好的礼物太重太重，我双手接住，用尽了每一根骨头的全部力气。

三

第一眼看到你，心在一瞬间被融化；你的第一声啼哭，比四月里石榴结出的籽粒还要晶莹清亮，万物注视下，众神庇护，听不到一丝杂质的喧哗。

我虔诚地俯下身来，轻轻地，在你光洁的额头印上第一次深情的吻，花环一样围过来的，是整个天地间低吟浅唱的祝福和赞美。

是不是，每当有天使到来，就会有这样的奇美？

火火，这第一眼，第一声，第一次，有如一根美妙的绳索，把我刚刚跨进花甲门槛的双脚，拉回到一个全新的成长期。

四

这些日子，春天搭起万紫千红的鲜花拱门，你睡在那里，指尖上有阳光飞舞，发梢上是花影萦绕；蜂来了，蝶来了，来采集天籁，嗅读你一尘不染的唇语。

我不知道，人世间还有什么比这更美好？

时间就像抹过蜜的面包，每分每秒都浸着仙境的味道。日月星辰轮值陪伴，为你轻轻翻动光阴的页码，每一页都是动人心弦的童话。

每一天，我身处童话的意境，闻着你的奇香，洗濯几十年深重的积垢，抖落半生尘埃，一双浑浊老眼竟日渐柔和明亮起来。

火火，你到来，我的衰老就缓慢。

五

又是一个春天来临，大地印上了你学步的足迹。

人生征途就此开始了计数，前后都是迎送你的掌声，我每一根神经末梢都竖起欢乐的耳朵，在你细微的足音里，辨识哪一步是迟疑，哪一步是坚定。

脚下的路会很长很长，迟早你得明白：前路不止有花簇和亲吻，更有变幻莫测的风雨。

善和美的晴空下——

谎言和邪恶的雾霾会布置关隘等你，

傲慢和偏见的雪渣也会埋伏在路口等你。

那么，火火，就趁我的腰身坍塌之前，背上命运的行囊，我们手牵手同行一程。在我倒下的那一天，你要托起爷爷垂下的头，成为一盏路灯，照亮一代接一代的未竟之旅从你的脚下延伸，并让我看到：

你的每一个脚印，落地生根。

六

春天里的花，不是每一朵都能光彩夺目；所结的果实也不是每一枚，都能走进秋天，在枝叶间接受远近高低的欢呼。你看高天上的大雁，不留下任何飞过的痕迹，却完成了一次壮美的迁徙。而那破船上的残帆，已舞不动洁白的衣裙；沙滩上断裂的桨，再也直不起站立的腿。

生而为人，和它们同为自然之子，挣脱不了同样的宿命。

所以，火火，当你一天天长大——

别学攀缘的喇叭花，借别人的高枝逞一时得意。要学会在大雨前目送蚂蚁平安回家，在大雨后，把倒伏的小草从泥泞中扶起。

让善良和真诚交响，让内心的光亮去点燃每一个晨曦。

七

天空瓦蓝，我们一起在花径上奔跑，在草地上打滚儿，追逐飘舞的柳絮。耳边的春风，诉说着日子的静好和甜美。

每一次陪你玩耍，我都仿佛回到童年。

你柔软金属般的欢笑声，能把往昔的幻象虚境一一击碎。时光在倒流，我的生命已然经历着重来一回。

走出樊笼的人，从疲惫中醒来，在爷孙同乐的嬉戏时候突然明白：若没有这样的真实生活，又哪来完整的人生。

火火，你慢慢长，我慢慢老。来吧——

骑马马，我要给你一副沉稳的肩膀；

举高高，我要给你一双热烈的手臂……

鸽哨清亮悠扬，祥云自由袅袅，太阳露出稚气逼人的笑脸，看我怎样用余生的爱，托举着你，一次次靠拢它，离永不枯竭的温暖更近更近。

八

春天抱着你如约而来，是世世代代的循环，是生生息息的换位。

那一刻，时间停顿，空间定格，父精母血凝固成永恒的结晶。

那一天，我老泪暗淌，埋头于掌心，感恩着天地、山川、上苍、自然合奏出这一曲生命诞生的福音。

泪光里，一条繁衍生息的血缘之河滔滔不绝，穿越了万丈苍茫，千层混沌，延续着地老天荒的奔流……

火火，那一刻你浮出水面，多么像一团生动蓬勃的火焰，把此岸的颂歌和彼岸的祈祷映亮，并将伴随你踏入未知世界，开辟自己的一生！

潇洒四季

——为我的次孙潇洒一周岁而作

潇洒之夏

夏至。潇洒至。

这一天，太阳的金色马车抵达时间和空间的最高点后，收缰掉头，原路南归。

车门缓缓打开，传出来你的第一声啼哭——一粒晶莹的露珠，就此滑落人间。

我意识到：这不是简单的时令巧合，而是天意呈现。

门环叩响，祥云上升，瑞气满屋缭绕。在亲人们期待已久的沉寂中，潇洒，你终于来了。

山川盈动，月色星光。一大群红鸽子口衔火苗，点燃了一树树花朵，照彻着一声声祝福。

我提醒自己：这不是梦境，不是幻象，是造物主的恩赐，是上苍又一次送来了最好的礼物。

夏至。潇洒至。夏至福至。

那一天，你在花蕊中一现身，我就闻到了时光里欢欣愉悦的香气，经久不息。

潇洒之秋

睡卧在这里，秋，成为你安稳的摇床。

银杏树俯身下来，用它全部的金黄，拥你入怀，用它扇形的叶片，为你把世间的喧闹一一挡开。

哦，一粒小小的果实，最美的模样就是此刻的睡眠。

天有多高，地有多远？还不想太早的知道；

年有多长，日有多短？也不用现在来计算。

潇洒，你来到这里，自带活力和快乐，样样都饱满，都沉甸甸。让已是穷途末路的我曙光在前，让风烛残年的我新鲜如昨；更让我一下子醒悟：除此之外，还有什么配得上这个秋天想要的收获？

潇洒，在你清澈澄净的一笑一哭时，在你从容自如的一睡一醒时，我唯一失去的，不过是执拗的老年斑。

人生苦短，能得你相伴一程，幸福才更像幸福，活着才更像活着。

想到这些，望着秋天怀抱里的你，真的越看越好看。

潇洒之冬

繁灿和凋谢过后，你不得不和一个寒冷的季节遭遇。灰蒙蒙的天空下，这个黑白轮转、冷暖交替的世界正等着你来认识和适应。

云黯。天低。你这自带光辉的小天使，却为我把一切的担忧融化——

霜风打着得意的呼哨来回奔跑，满地留下碎裂的冰碴儿；被残雪压断的枯枝，发出一阵阵清脆的呻吟……

你却只是漫不经心地看上一眼，用轻描淡写的咿呀童声回应。

潇洒，你这过早显现的沉静坦然，时时引发我暗自猜想：你的前世，是不是一位历经沧桑的哲人？

若是，面对时令之重，才会如此云淡风轻。

抱着你行走在这个冬天，我老迈的腿脚变得十分轻盈；感应到你唇语的含义，以后的冬天，我会不会越走越平稳？

多么好啊，潇洒，你眼神中的暖意，给足了我余生的信心！

潇洒之春

春回大地。是来看看你怎样的帅气充盈，怎样的灵气逼人。

从一万朵含苞欲放的蓓蕾里，就能一眼找出你；在一千种扑鼻而来的芬芳中，就能一下子嗅到你。

春夜星空浩瀚，潇洒，你是我眼中最亮的那颗星。

凭着神赐的感觉，凭着我们之间的默契，凭着看不见扯不断的血亲纽带，这隔代的爱，被紧紧地系在了一起。

人生得此，还有什么诱惑不能抵御？还有什么欲望不可以舍弃？

这是你在世间的第一个春天，这只是漫长人生的开篇序曲。我想告诉你的是：正如万紫千红，你只是里面的一朵；百般馥郁，你只是其中的一缕。

为着以后每一个春天的美好，你要融入其间，无论是绽放还是吐露，完成好属于自己的那份参与和担当。

这个春天的祈愿：我就像老树枝柯，使劲把你往上托举，让你小小的身影，在繁茂枝叶间，自由地闪耀。

潇洒，听见了吧：你一岁的天空上，又一首四季轮换的乐章奏响了……

轻轻对你说

——写给我的小孙女晞恩

最好的一个夏天

七月，山河茁壮，万物蓬勃。

你在此时来到这个世界，推门而入，成为家庭里最小的一员。让我再次看到：生命轮回，血脉相续的水面上，一簇簇欣喜的浪花，光芒四溅。

知道你迟早会来，不知道你来得这么快，来得这么突然。或许，我没有明白的是，世间的每一个意外，都是暗合天意的一种安排。

不然，窗外花树哪来的祥云环生？天空的蔚蓝又怎么会一层层铺开？天象喜人，挂在了亲人们的眼帘。

喜鹊登枝，凤蝶起舞。迎候你的金辇已等了太久，为你早早备下的呼吸和心跳，已然化作了天地间回应的阵阵欢呼。

晞恩，这命定相遇的时段，让我从此迷恋上一年中的七月。

是你，给了如今在暮年余晖下行走的我，最好的一个夏天。

最悦耳的哭声

正是大地上稻穗灌浆的季节，你用哭声，向万物宣告自己的来临。

多么嘹亮啊，响遏行云，与远天星月相映成辉。

这一声声，宛若一束束饱满的谷粒，充盈着幸福喜悦的香甜；这一声声，就像稻浪上滚动的鸟鸣，闪烁着晶莹剔透的光泽。

伴随一尘不染的泪水，你的哭声沉实、朴素，一如天籁的结晶。一声声往我苍老的骨髓渗透，为我召回了丢失已久的单纯和平静。

一股新的生命力在我体内开始苏醒，霜染的白发，松弛的肌肤，从此不再是伤感的理由或者借口。

现在，就容我的脚步稍作停顿，腾空内心积满尘埃的荣辱和爱恨，构筑码放谷垛的崭新仓廪。

晞恩，听着你的哭声，我决定要越活越年轻。

最好看的笑容

旁人眼里：你笑起来真好看！

亲人眼里：你笑起来最好看！

是的，你的笑容可以是浇灭哀愁的酒，可以是治愈病痛的良药，可以是一年四季芬芳馥郁的香气；

是冬天的蜡梅，春天的玫瑰，是夏日的莲荷，秋日的金菊，甚至是至暗时刻照亮前路的火把，暖心的灯盏——

当你半岁的天空，一种无形的病毒肆意蔓延。在那几十个足不出户的日子里，是你，每天以自己纯真的笑容，为全家把恐慌和忧伤挡在门外，把所有的枯燥和烦闷通通驱散。

你的笑容写着两个字：平安。

历此一劫，我已确信：晞恩，有你的笑容伴随，往后就没有过不去的坡坡坎坎。

最澄澈的眼睛

从你一双澄明、清澈的眼睛里，我找回了失散多年的无邪和单纯。

你看天空，倒映的天光云影纤毫毕现；

你看大地，万木葱茏不沾染一丝尘埃；

你看人间，分不清形形色色的身影，看不明捉摸不透的表情，只是本能的以不变应万变，眼中唯有不含杂质的善良和真诚。

晞恩，那敢于和你对视的，即使脉管已被硬化，一定还有唤醒的热血在冲撞；不敢和你对视的，灵魂也一定在暗中愧疚。

在你眼中，我只想得到一次次洗礼，用你的澄澈为我洗涤心灵，洗净满身的沉垢，洗净血色中的污染，也洗亮我昏花的老眼。

然后，由你领着我，一同去看这个世界，怎样一天天更新自己的容颜。

最圆满的一个句号

山河茁壮，万木葱茏。

立于其间的你，以一岁的姿态，把一个族群繁衍生息的进程演绎得如此自然，把一种生命轮回的起承转合讲述得这样精辟。

是不是只有神的旨意，才会用意外的方式传递惊喜？

是不是只有你的降临，才会给亲人的祈愿画上一个圆满的句号？

在时光的起点线上，晞恩，你手持香草，笑而不语。

远方，曙光正徐徐呈现……

还乡随感

一

落英缤纷。一个隐身其间的影子，听见了根部传来唤归的声音。

这正是我想要的。习惯上，被人们的表述称为行色，弧线自然而优美。

归程一寸寸靠拢，呼吸也慢慢急促起来。

久在樊笼，我已把沧桑历尽。那一天，当这一切都要退成时间的背景，你扬起的手轻轻一指，就松掉了我身上的全部绑绳。

眼眶一热，一个转身，只想如何把你抱紧。

从哪里出发，还得重新返回哪里。

用完六十年的宠辱沉浮，只换回这样一个简单的体会，是时候了，我要回到故土，把自己还给武胜。

二

一步步走近，我捡回的是生命里的第一声啼哭，清晰得有如十二月最初的那朵野菊，泛出一片金黄的光晕。

是在嘉陵江绕过下河街陈旧的石梯流走时，歪斜的吊脚楼。摇摇晃晃的烛火。襁褓中的我，被你交到一位平凡母亲的手里。

摇篮一样的沿口镇，用身边的一江好水，一口口把我喂养长大，直到送我启程，一路辗转离乡背井；直到你的叮咛，成为偶尔吹来的一丝丝断续的江风……

带着你烙上的水边胎痕，那以后，无论我去往何处，故乡的视线，绳索一样绑定着我，捆牢我起伏不定的一生。

直到告老还乡，指缝间跌落的热泪，才又一次，唤醒我早已陌生的乳名。

三

现在，你让诗歌的翅膀接我归来。

老眼浑浊，却尽露丝丝温情。第一眼，我就望见了蜷伏在原处的那些地名，扑面而来的全是熟悉的体温。

是不是，只有它们还能辨认出一个归来者旧时的身影——

离岸不远的团鱼石还是那么醒目，浪花开满我儿时的夏天，岸上仅有的一条长街，比鸡肠还细窄，这个叫烈面的小镇，收留着我成长的梦幻和欢愉，苦难和屈辱。

几蓬衰草，几粒萤火，几声蛐蛐叫。白庙乡忧伤的童谣，那时候，温暖又灿亮。

最偏僻的走马场，有记忆中最美的花朵，让一个多梦的少年，嗅到最初的香和烦恼……

若是没有几个童年的地名在心中隐藏，扮演情感的导游，一个人，又哪来心中的故乡？

万水千山走遍，早已忘掉了许多地方。只有脚下的这片热土，能让我的爱和怀念雨水一样慷慨落下。

四

人们说，何处掩埋着血亲的骨殖，何处才可以被称为故乡；哪里能让你心跳加快，老泪纵横，哪里就是你的家园。

武胜啊，多少回，枕着你的名字，在别人的城市里，我的睡眠才能安稳。

常常是乡愁不减，梦境层层打开——

……兴隆场，三滩河，亲人们白骨的温度和低语一样的水声；

西关乡回旋流动的绝版太极，是天下不二的江上奇景；

宝箴塞惊世骇俗的奇诡和智慧，真静书岩的瑰丽，荒芜，悲怆；

天印山神出鬼没的孤傲流云，以及旧县古址上空的袅袅狼烟，战马嘶鸣……

长梦醒来，在我枯槁的容颜上，这缕缕乡愁已被镂刻成一道道深沉的皱纹。

突然发觉：故乡，留给每一个人的血色痕迹都不同样，而我却无法为此分类指认，也无法给出可以接受的命名。

时光深处刮来的风，说的是似有若无的秘语。

五

初夏的阳光，让人有了一阵阵的恍惚，这座县城的表面蒙着一层陌生的色晕。

故乡，我得摘下故作矜持的墨镜，才看得清你现在的模样。

今天还不是休假的日子，城里城外的安详一定是来自地心和低处的草根。

早年那一个才情横溢的少年诗人呢，是不是也和我一样，一路念着你的名字，去了远方，追逐未曾确定的命运？

阳光下想起的几个儿时玩伴，让我把县城多看了几眼。

宽阔的街道没有了喧嚣，从容的日子多好，远离浮躁就是该有的和谐。

不远处的白坪新村，焕发着故乡的新颜和锦绣的远景，有若一位青春美少女那迷人胴体的气息，吸引着世人的回头率。

嗅到了县城空地上，不知名的小野花在散发芬芳，多么像生息在这里的父老乡亲，用朴实和勤劳默默充实自己的一生。

武胜，你保留了最好的本质而不作改变，就是最好的岁月。

六

一直认为，下河街的渣渣鱼，是世上杰出的美味，龙女捧出的白酒，未饮心先醉。

来过这里的人，味觉会被惊醒，思维不再迟钝，舌尖会打出高分。

餐桌旁的窗外，一江好水没日没夜地流着，似乎是要化作稀有的佳酿，不停地溢满你手里的杯盏。

当年啊，长长的嘉陵江鞭影一样，驱使我逆流而上……

又让我在寄居的城市，依靠这浓浓的乡味，本能地抗拒异地的同化。

还乡的人，双颊污浊，两眼空茫。

几杯酒下来，故乡高粱的褐红又回到脸上，闪烁柔和的光，生生照亮我童真般的快活。

或许，这初夏的阳光和我终将再次离去，今后的生活还会是甜酸苦辣，百味杂陈，有了今天的家乡味垫底，还有什么样的苦头不敢去品尝?

这一座好城，这一江好水，让我还一次乡，就丢一回魂。

在武胜，感受到故乡传递过来的推力，我会稳稳地走好前面所有的路程……

静夜思

一

每一次梦回故乡，你会第一个迎来，牵着我走过陌生的树林。铺满落叶的小路，散发彼此熟悉的亲情。

一路上，你教会我收集驮着暮色的鸟声和草丛中的虫鸣，教会我辨认闪电和雷不同的金属色泽、雪和雨水不一样的光影。

这个被我叫着父亲的人啊，伴我一路前行。

经过的每一个岔路口，都为我执灯。

还在我耳边说：叶片上抹不去的瘢痕，一定是那弯冷月在夜晚落下的忧伤；树根下泛黑的草茎，可能是季节燃尽后的叹息。

那时候，这些无人知晓的秘密，是我幼时心灵的养分。

今夜啊，枕着怀念，父亲，你是我梦中最温馨的那颗星。

二

夜雨淅沥，灯影中你又一次现身。

感觉到一双慈祥的目光看着我，一阵透彻的暖，被注入到体内。

我情不自禁地喊出声来：母亲！

自从那个深秋的下午，你一去不归。再没有一双手为我擦干眼角委屈的泪水；再没有谁给予我这样的人生哲理：

一旦翅膀缠上了金银的丝线，这鸟就飞不上高空；若是背负阳光跋涉，这人就会被自己的影子挡路。

许多夜，你会在我的幻觉里，用怜爱的眼神盯着我怎样立地生根。

母亲啊，有你在身旁，我余生安稳。

今夜，多想让这幸福的雨水一直下个不停……

致友

那是在生与死狭窄的通道上，你素衣飘来，白褂飘去，以倾心暖人的姿势，日日夜夜地校正着一个个生命运行的程序。

就像是春与冬相间的一道栅栏。

就像是白昼与黑夜相间的一缕晨曦。

这似乎是小时候，我们一起游戏时，模仿的场景还在延续——

让病毒与死神的合谋，溃水般退却，最终被你爱心的火焰焚为灰烬；让兵荒马乱的眼神重归清澈的平静，让陷于绝境的命运获取平稳的呼吸。

在一场不见硝烟的战争里，你是人们眼中希望的星辰。

每当你推开一扇扇隔离的门，给走出来的患者抹去了恐惧的最后踪影。

我看到了：那些由苍白转为红润的脸庞，春雨一样的感激滂沱而泻。

我儿时的白衣玩伴啊，你知道吗？从这里踏上生命坦途的人，即使登上远方的峰巅，也会转过身来，朝着你的方向俯身致意。

而我，也想用一张童年的花手帕，擦一擦你额头上的汗滴。

去水边走走

如果你想要享受孤独，就去水边走走。

如果恰好又是秋天，阳光下自由舞蹈的芦苇会把轻盈还给你的脚步。

江风从上游送来一只渔舟，划过水面，梭子一样补缀涟漪的碎梦。

江天辽阔。没有了无形的手左右方向，你可以随意选择要去的路，留下清晰的足迹。

不经意间，江水已洗去你身上的全部滞重。

落在卵石堆上的心事，江滩以深埋的方式为你守护，让卸下欲念的胸怀，沿着江岸一路放松，放飞，放空。

此时，你张开双臂，抱住的是江空之下巨大的安静，挽回了江鸥欢畅的啼鸣。

水边漫步。如果恰好走到了春天，一定能发现：

所谓的忧郁，不过是草尖上一点小小的沙粒；所谓的愉悦，才是河床上大大的浪花，足以撑起你半世的诗意。

去水边走走，心地高远，万千锦绣。

水边时光，是安顿你孤独梦想所在的不二理由。

突然想起你

"我站在嘉陵江边，最爱看远去的风帆……"

突然就听见了这首歌，突然就想起你。

一个为音乐而生的灵魂，从时间深处走了出来，我伸出手去，却握不住这缥缈的风声。

只记得你手中的指挥棒，化作了桅杆，撑起这页风帆，驶进了一座巍峨的殿堂，又载着满船的掌声和鲜花归来。

那时候，一江春水，就是一江醉人的酒！

再后来，……孤帆远影碧空尽。折断的桨。倒下的桅樯。残破的帆。失舵的船。搁浅在一个幻影笼罩的岛屿，沉没在扑朔迷离的旋涡。

没了踪影的你，模糊成一个似有若无的传说。

那根淌着泪滴的指挥棒，再也没找回被丢失的乐谱。

我一直在想：你是受了怎样的诱惑，才掐断旋律，把不该出现的休止符，画成一个句号？

只有一江叹息，年年岁岁，送来你不确定的消息。

我们在不同的航线上分手作别，再没相遇。

每当有人唱起这首歌，就会突然想起你……

我爱这清晨

夜雨把江岸青草一直带进了清晨，明亮的线条从叶缝间穿出，光斑突破薄雾的萦绕。

一只水鸟，它看了看对岸的我，优雅地飞起；

一个提裙涉水的女人，她也看了看，笑着转身离去；

这样的时刻转瞬即逝，来不及为其命名。

早起的人不再迟疑。窗台上，夜晚翻开的书，响起裙裾搅动的水声，字里行间有羽毛划过的痕迹。

水之上，轻轻荡漾着你梦境里的波纹。

生活中原本有过的童话，一只蝴蝶，翅膀扇起过大海那边的海啸，让我身体里的奇迹，到如今钙化成显影。

这不过是一场习以为常的夜雨，就洗去了昨天沉积的锈。

披荆斩棘走过来的人，放下斧斤后，终于明白——

江边清晨，是神明发来的一份邀请。

此时，我深怀谦卑和善意，看到了一片宁静的美，在水面和心底一同升起……

回眸

回头望去，那个隐约的小镇出现了。

就是它，给了我一节又一节身高，以及秧田里的蛙鸣，树荫中的蝉影；还有跳跃着的红绳小辫，皂角水洗过的衣褂清香四溢。

一根隐形的线，老是把我牵扯，老是觉得有什么掉在了那里。

河床裸露的江滩。那个光着脚丫的孩子，再也找不回走过的卵石小路。

回头望去，不再有两岸的芦苇，含情脉脉，欲说还羞的挽留；不再有门缝泻出的二胡声，握住我的手；不再有野地燃亮的磷火，把安魂曲吹奏。

几声唏嘘在喉咙里来回滚动。卡在那里的老唱片，时光在倒流。

目光继续延伸，看见菊花开了，去沾满露水的木椅上坐坐。

即使不再有候鸟领着你回去，只有天凉好个秋。那就和低空飞行的江鸥互相确认一下眼神，在茸毛叶片的枸树下，把小镇看个够。

回头望去，这片宁静的秋色，只是为着你才迟迟没有远走。

余温

一本年过半百的日记，满册时光延续的余温。

那时的冬天多么年轻，那条春色无限的围巾，在爱情的颈项上张扬陶醉的美。

那时候，她在湖边轻声呢喃，一颗星便为此坠落，深陷于水。

高处执灯的人不迷恋天空，那里很亮也很冷。只是俯下身来，要和夜梦拥吻。

一切都是那么美好。即使一滴泪，一声由衷的呻吟，也能成为缤纷的露珠。

从眼眶溢出的一场场春雨，往秋的深处渗透，和着花萼吐放的节奏，靠拢果实。

纤尘不染的香气叩开紧闭的窗口，把清新的愉悦传递给共同参与的过程。

那个十指相扣后的早晨，直到今天，一如既往的暖心暖肺，依然是晨光提炼的蔚蓝，年年月月，安安静静地不离不弃。

气象万千的生活，如今所剩不多，唯有死亡，还没有一同去经历。

一本昨夜星辰的日记，每一页都是满足和自信。

她和他互递一个欣慰的眼神，弯下腰，一起用鞋带把余生的行程一节节拴紧。

然后，在卧室，珍惜那张老式的双人床，用来保养人世的余温。

深情

第二辑 偶得

和当天的阳光诚恳交流

大石倾斜，你推开斜柯上的花香，避开横枝间的鸟鸣。你还是没有看见，背阴处的青苔比时光更重的沉默。

崇高的光芒不矮下身段，又如何映照卡在石缝里的声音。

膨胀的矜持，压断的是细微的倾诉。

温暖的亮，只走到一半行程。

这些日子，当天的时辰，你再不来，方寸之外依旧是我早年的盲区。太多的潮湿环绕身边，雨水在草叶上击打出泛滥的鼓点，我陷入深深的寂寞。

你若来，我让你听一听破土的动静。跟在废墟后面，疏通荒芜已久的渠道，苍老的容颜，终于出现了返青的迹象。

你搭过来的手臂，测量我肩头上的热度。由此我看到，千丝万缕的暖流蠕动的形状。

你来，我就在。当天的阳光，当你敞开心扉，我也回到给自己预留的宽恕中。

私奔的闪电和雷

私奔。我把这个词连同赞美一起送给了你们：闪电和雷。

在人世浸淫已久，我选择的字眼，去除不了观念的气息，它疑似一个为你精心布置的话语陷阱。

或许，它就是我和我的同类深藏不露的那个暧昧眼神。

多少个雨夜，我用这样的含蓄，观摩着你们上天入地的恣意狂舞，沉湎于你们逃离后空出的大片寂静。

闪电和雷。经过这里，每一次出现都是完美的私奔：一个前面照耀，一个后面大声呼应。

脱下画地为牢的紧身夜衣，一个撕开云层自由蜿蜒，一个跳上屋脊放肆翻滚。

以手足相连般的默契，只为完成地老天荒的一次缠绵。

越下越大的雨，只是你们浪漫的背景。

是的，你们是拆不开的兄弟，是打不散的冤家，是生生死死纠缠不休的情人，闪电和雷。

今夜，你们又一次惊动着沉寂的人世，枯燥的一生。

穿裙子的风敲响门窗

门窗紧闭，谁在敲响。风，穿着裙子走来走去，那声音，有着一贯的执拗。

人过中年的我，日子被过成了锈锁，握不紧钥匙的手，已无力拧开春色，独揽裙边风光。

陈旧的小屋，再也无法装下原有的急促和舒缓。

季节循环往复，穿裙子的风一刻也不老。

光阴中的匆匆过客，多少次开花结果，都成了滚落裙下的花絮。敲响紧闭的门窗，是否要拿走你短暂的一生，去匹配片刻的欢愉。

衣裙拂处，一地狼藉。

打开门窗，去与风妥协，与裙共舞，与旧情相拥并重蹈覆辙。

即使一条路走到黑，也不轻易开口说出放弃。

别无选择。我剩下的喘息，在透明中日渐清澈，被引领着去向晚景，慢慢发散成余晖。

此时，能唤起我回眸的，一定还是——

穿裙子的风敲响门窗。

星星：失散或集体哗变

闪电和雷联袂私奔后，从此没有了传奇，静如死水的地方不能久待了。

没错，我指的是高高在上的天空。乌云时常暗自垂泪，一件阴沉的黑风衣穿上就没再脱下。

空旷。压抑。苍茫。沉闷。没有谁不乱摇心旌。

是时候了。仿佛暗中响起一声呼哨。

交头接耳的星星们，一起四散逃匿。一颗拖着亮尾巴朝东南疾跑，一颗以最快的光速去了西北，一颗又一颗悄悄熄灭掉光焰不知去向……

恒久保持的传统队形，就这样突然散为哗变的兵卒，甚至来不及互留联络的暗号。

多年以后，我和你和他最终在人间邂逅了。

说起曾经有过的光辉，说起曾经如何照耀，各自心照不宣，相视一笑；也说起各自嫁娶生子，传宗接代。

身在江湖，互致静好。

我们不约而同抬头看天，却只字未提那曾经的故乡。

我就想收留那朵乌云

这多么类似我的童年，天边漂游，像无根的浮萍。

有无限的孤寂，源自不能修改的籍贯；欲说又止的沉默，从家族承袭而来；血液中的生命痕迹，也是亘古遗传。

雨水是滴不干的泪，怎样翻飞也摆脱不了未知的结局。

有谁理解，我就想收留那朵乌云。

那是种植在骨髓里的痛，直至人过中年。

如果可以，真想挪用那样的乌黑，浸染我沧桑的白发；用我余生的体温，贴近柔弱的肢体，一同在风中抗拒和挣扎。

就当是找到了失散的兄弟姐妹，就把湖泊、河流，甚至海洋，当作我们牵手归去的家。

误入高处，乌云才有了乌云的不幸。

疏离了耀人眼目的日月星辰，又不艳羡万紫千红的彩霞虹霓；注定了，一出生就有的身世，往上是颠簸，往下是贬落，最终消失于凡尘中的轮回。

没错，我就想收留那朵乌云，这是我内心仅存的薪火，或许能够相伴一程，去抵御前路的炎凉。

即使月亮曾经生锈

是的，月亮曾经生过锈，那个无助的人影，往湖心划出一道凄美弧线后，从水中打捞起来的，要么是一片失色的铁皮，要么是一块残缺的墓碑。

斧斤砍伐声里，不老的桂树梦中被惊醒，而花影早无影踪。

满眼锈斑一如身体上的胎记，烙在记忆里从此不能剥离。

不知在何时，时间露出了漏洞，天光摇醒大地春秋。想要结束盲流的人，脚步半分迟疑、半分坚决，身后拖一地月色的凄凉。

故园依旧，就让满湖重开的荷花，用洗濯一新的热烈，以细雨清风的诚恳，找回并挽留苦旅途中的灵魂。

现在，水天已成一色，山河抹去陈旧，一湖清波还未说出哀愁的理由。万类霜天竞自由，最后的野菊也迟迟没有开口。即使不再光洁如玉，即使月亮曾经生锈，即使心与心还是山重水复，路与路还是乱云飞渡。

我还是看到了，那道弧线划过的地方，正慢慢呈现出秋凉如水，暮色无声的安稳……

落雪带我去隐身

雪就要落下，我准备起身。

一种空，开始沿四肢扩散，仿佛突发的疾病，脉象紊乱又来历不明。

这样的迟疑，只是习惯的停顿。当春天的花朵，吸干了露水全部的晶莹；夏天的果实，吞噬掉阳光的余热；月亮的柔情，被秋叶席卷走金黄，丢弃一地苍凉；而每一棵树，裸露出大大小小的把柄，我却咳不出声。

雪落下，要带走这一切，我跟着起身。

是周而复始的场景。有人在某个季节彻夜失眠，也有人在另一个季节酣睡不醒，就像不匀称的呼吸，预兆的是病情的轻与重，噩梦的浅与深。

身边的河流不说出深处的隐痛，还有谁的手能破开大地的门？无论雪有多白，也无法还原曾有的干净。多年了，我还在等谁？

一个人的旷野，找不到另一个人同行。

雪落下来了，入水无影无踪，我跟着一同隐身。

或许，会有人暗自庆幸：多美的雪啊。来去无声，抹去了所有痕迹，包括我这个多余的人。

一柄钥匙的失踪

那把锁，以生锈的语言，讲述一柄钥匙的隐逸。

以一成不变的挂姿，成为难以释怀的悬念。吐露的每一句言辞，跌入在深情里的空寂。

什么时候，那些唇齿吻合的欢愉，那些凸凹相扣的默契，重又联袂，锁住太阳的温馨握痕，打开星光与河流相映生辉的心境？

门环等不来回答，残留的指纹日渐冰冷。

万丈红尘里，定格着往事在拐角处的收尾，以及蒙蔽渐深的遥遥归期。

一柄钥匙，就像一根光亮的骨头。没有了它的照耀和支撑，什么样的锁，也只是一坨废铁的肉体。

世事守口如瓶，一刻都不停下冬去春来的交替轮回……

屋檐下，衔泥筑巢的归燕，依旧执拗地辨识着哪里是熟悉，哪里已变为陌生。

熙熙攘攘的人流中，哪一个才是该回头的背影？

它一定知道：找不回失踪的钥匙，就跨不进那扇命定的门。

飞过水面的一只鸟

是不是和我一样，这一小段历程，要交由水底来收藏？张开的翅膀下面，是低矮的千山。

天空不留下飞过的痕迹，只有倒影在江心映现，只有十里春风迷醉过我的情怀，与轻佻的柳絮共舞，一路抖落的羽毛布满尘埃；只有百亩桃花摇动过我的心旌，长梦醒来，泣血的唤归声再次聚拢起失散的神魂。

世人还在谈论旧事，而在新的语境里，我的羽翎已在从容盘旋。一江清流，洗濯掉的是滞重，交还我的是轻盈。

剪刀一样的尾翼，裁剪江天的辽阔，只等飞过时，贴一幅堪称绝版的倒影在人们视野里展览。

那时，激动的水纹再也平静不下来了，轻风抚弦，动情的渔歌一边编织浪花荆冠，一边泊往彼岸等待。

是不是和鸟一样，即便是最后的飞翔，也要让万水铭记！

野外有一座无名石像

你的沉静是旷野最精致的一部分。

线条柔和，轮廓丰满，只一个侧影，就那么英气逼人，连清风露水来去，脚步都放得很轻。

风过了，雨又过，没有谁解开过你的身世枷锁。

那些首尾断裂的故事，那些支离破碎的传奇，一百场寒暑交替的打磨，看不到新的效果，没有一丝线索有迹可循。

盛衰也罢，枯荣也好；骄阳烤过也罢，冷月浸过也好；蜂蝶。草棵。腐骨。磷火。在你无法改写的眼神里，这一切轻薄得如丝、如羽、如微尘。

环绕你的荒草倒伏不起，压在身上的，是一百年那么重的寂寞。

你从来也不吭出一声。从哪里来？又去向哪里？这是你和我们同样解不开的人生命题，而过往的风，也给不出可以认同的答案或者谜底。

就这样一直立在那里，立成静得沉闷的一个侧影，像一声久久的叹息。

仿佛是在提醒：天下石像，都不过是旧时光凝固的多余话题。

想起一枚有疤痕的苹果

在五月暖风的吟唱里，你拒绝了阳光的安慰。

于是，不再坚持的春天转身而去，遗弃，便成为别无选择的必然。栅栏阻隔的，是一双慢慢熄灭光焰的眼睛。

成熟，就此虚化为遥不可及的幻梦……

孤独的外壳太坚硬了，歌声的锋刃也难以刺破，那比天空还巨大的寂寞，也没有翅膀带你去穿越。无语的露水干了又湿，说不出日子的忧伤。

是一场始料未及的虫害？还是一次躲不开的霜灾？或是一只手的误伤，让你坠入无底的深渊？光秃秃的枝头上，悬挂着你长不大的童年。

出落得红颜动人的姐妹们，都去了诗意的远方。

留在原地的你，青涩依然、哀愁依然，恍若找不到一根视线能拴稳的问号，露着的缺陷无人缝补。

谁也没有注意到，你以怎样决绝的姿势，无声无息地跳进了烂泥里。

只是我在悲戚地想：但愿你也有来世，能够重新回到树上。

好吧，明年此地，我会委托春天认领你。

对一座花园的凝望

似乎是童话的意境正静谧地呈现，或者是音乐的抒情在舒缓地展开……

而这，就是我想要看到的画面。

肯定是在别处嗅到过同样熟悉和陌生的气息，我的眼里，有几分欣喜，就有几分迟疑。

灵魂探路去吧：万物万类，万紫千红，都在尽心尽力地发芽吐蕊，完成着属于自己的绽放。

天空越高越蓝，越要用自由来向往。许多前赴后继的飞行，或纵情张开或收拢各自的翅膀。

满载温暖的太阳马车驶来驶去——

把香味给冬天的梅，把金黄给秋天的菊；把赞美给亭亭玉立的美人蕉，把力量给谦卑的狗尾草；舞蹈和歌声给了蝴蝶和蜜蜂；辛勤和收获给了蚯蚓和蚂蚁。

空气清新，雨水丰沛。没有谁扰乱正常的呼吸。

我久久地凝望，目光也变软变柔，忘掉了曾经恨过什么，但不会忘掉爱过谁。

突然明白：这小小的花园一旦放大，就是我想要安居的国度。

和另一个自己的相遇

多年以后的某一天，我回到人烟蓬勃的世间，和另一个自己相遇。

我们交谈。就像一个故事的开头遇见了自己的结尾那样相互探询。来时的故乡和去过的远方，在问答声里，一一失去了原来的模样。

那件长满麦穗和小野菊的棉衫丢失了，也丢失了烟云一样没了踪迹的鲜衣怒马，以及扬起手臂唤归的炊烟，驱散寒夜的热茶；甚至欢宴时假笑的那盏浓酒……

中间的这段内容里，一场似有若无的大梦在云卷云舒。花开。花谢。满足。失落。也只有此时风轻云淡的叙述还会短暂收留。

还有多少说不出的隐痛，被清风流水带走；还有多少欢愉后的惆怅，在一地鸡毛里发霉。当暮钟在耳边响起来，一种摸不着的空，早已侵蚀周身骨头。

那好，结束交谈，我们互道珍重——

燃亮初心的灯盏，就像秋风中的黄叶，沿着时间画出的纹路，回到出发的季节去。

或许，下一次的相遇，天也蓝，水也碧。

闲居偶得

一

在旅人眼里：每一个岛屿都是大海身上的亲情补丁。是谁，用扯不断的视线在缝纫？

二

找不回失踪的钥匙，你跨不进自家的门槛；干不了这杯醇酒，你拿什么记住自己的来处，为灵魂引路。

三

口衔青梅的女子，归来的心跳，落定在那个骑竹马的男孩身上，要让两小无猜的游戏，从老屋前的枯井里，重新回到地面。

四

风是踩着树梢走的，那些具体的细节，不断在路上失散，就像无家可归的枯叶，在秋天的注视下遍地流浪。

五

叶片上抹不掉的点点瘢痕，一定是星辰在夜晚掉下的忧伤；那台阶角落的青苔，不过是季节自焚后仅存的叹息。

哦，能听懂这些秘语的，正是小步跑远的秋天。

六

坐在自己的影子里，孤独散发出特有的气息，彼时，我刚收拢受惊的翅膀，你也停下了奔跑的蹄。

时光经天纬地的巨网里，我们相互重叠的这部分，此时又一点一点被移去。

七

在水边，只有赤脚能够接受礁石的安稳，拒绝沙砾的挽留。

当箴言和咒语一并浮出水面……

也只有赤脚能得到浪花的亲吻，摆脱水草的簇拥。

看那落水的云朵：不是虚浮，就是滞重。

八

阳光不会转弯，就过不去前面的拐角；雾，扭动腰肢，却能一闪而过。

谁在宿命中变通，谁的脚下就一路锦绣。谁又来打开结局的沉默——

锁和钥匙，一生都在那里纠缠不休。

而刀，哪怕生锈，也不放弃暗恋的苹果。

九

雪一直下着，大地的苍凉，被裹进了柔和的棉被。

万籁俱寂。在记忆中点亮烛火的人，身后堆积起前世的枯叶。

是啊，从童年到暮年，中间一座桥，过了，风声才会慢慢平息。

雪呀，就要彻底染白一个人孤独的冬眠！

十

一条看不见的纽带，连接着有形和无形的彼此。

远和近在互动时完成转换；

高和低在对峙中寻求平衡；

蚂蚁选择蚯蚓做了远房亲戚；

蜜蜂认下蝴蝶成了同门家族；

世间秩序，由黑夜和白天携手共建并左右一切的此消彼长。

十一

扶不起来了，那座千年石桥的倒影。

一盏又一盏桅灯在昨夜的梦海里溺灭，出水的船桨眼泪滴答，涟漪散开，水面布满时间的裂痕。

缝补，潜泳的鱼，从下游到上游，似在穿针引线。

十二

夜的深处，肯定有人在摸索行走。

或困惑于前程，或迟疑在归途。脚步声近了又远，远了又近。

习以为常的路灯，瞪着眼睛一直陪到天明，从不说出谁已抵达，谁已陷入绝境。

十三

少年时逆流而上，想要找到宿命的出口；你却转身隐身下游，不再走出这片低矮的丘陵。

弄丢了身心里的空山鸟鸣，也弄丢了千里江水的碧绿……

今夜，借一江月色潜回梦境，该拿什么对接你的指认，又拿什么为我摆渡迟归的暮年，呼应你破旧的渔灯？

十四

一个接一个远逝的名字，一个接一个淡入时间的背后，没有谁再陪谁一程。

又有谁？还能从浮云那里要回激情，从沙地找到丢落的汗水。

剩下的路，剩下的力气，最终剩下的又是谁？

十五

精神的困倦打了一个哈欠，身体里的冷打了一个喷嚏，时空的静被一个声音打破。

在一间屋里待得太久，会凝固成寂寞的一部分。

起身去开窗吧，扑面而来的风，一记清亮的耳光，也把我打醒。

十六

春来时，为什么欲望也在一寸寸长高，而睡眠的成色却在一点点减少？

左边一枝焦虑，右边一枝多疑。

剪枝人笑而不语，手持香草，望着树林说：“……花落知多少？”

十七

大街很长，小巷很深，转角很温情，难眠的路灯很冷清。

那时的日子很慢，夜很静。

路尽头一扇窗，等候着的盆景回应着他人不懂的暗号。

闪烁的身影很朦胧，很单纯。

这样的情景，常常在白发下重现。残阳夕照里，很暖很清晰。

十八

大地返青，一粒嫩芽从石缝里探出身来；破茧成蝶，自由的舞姿也要在万紫千红中完成抒情。

哦，做一个心怀春光的人，走出寒夜，就看到了草长莺飞。

十九

世界很大，谁愿意矮下身来，变得更小？

如果放弃这个选择，就闻不到青草的呼吸和体温，感觉不到瓦砾下躲藏的心跳，听不到蚂蚁和蚯蚓的耳语，更看不到雨水怎样去安慰深处的根。

是的，一旦疏远了细微中的这些美好，也就疏远了真实的自己。

二十

给了我沉浮，但不会给我深渊，给了我坎坷，从不会给我绝路。

这一片丘陵，这一条江——

用满坡高粱的火红，两岸菜花的金黄，五月石榴和四季鸟鸣，给了我身世，也给了我归宿。

给不了我高山显赫，也给不了我大海浩荡。

给我的是一生的丰盈和安稳。

二十一

独坐窗前，一杯咖啡泡淡了一个下午。

窗外，红绿灯频繁地换岗，人流来来去去，那朵浪花却一直没跳出水面。

街口的广告牌不动声色，表情漠然，只有扫过它的那道目光时明时暗。

晚风忧郁，街灯灿烂。

起身离去，杯底的残液轻轻响起的一声叹息，谁又听见？

二十二

夜深沉。灯下的文字在羽化的过程中挣扎。

带着野花的香，星辰的光和地心的火，振翅欲飞。

从骨髓和血脉里起飞，从呼吸的吐纳中起飞，带着心和灵魂往辽阔飞。

早醒的人发现草叶上的那些晶莹露珠，是飞过时落下的汗水。

二十三

近来的冬天，我常常依靠怀念，给自己取暖。一壶茶，炉火上沉思，旧年的影子从蒸汽里走出。

花开着浪漫的气息，落叶散发出古典的味道……

朦胧。隐约。一种暖，流淌在白发梦境。枕着这样的怀念，我能抵御风烛残年的孤寂，能抵御你说冷。

二十四

以虔诚的心态，让一个个文字落定在纸上，就会看见——

一声声鸟鸣，滴落到翻耕一新的土壤，看到蔓延开来的无边绿意；

一粒粒花籽，播撒在江水平静的两岸，河床溢满蓬勃的火苗。

这时，指尖上的一阵阵战栗，传向了灵魂。

二十五

多么好，一滴露水沿着枝条滑下时，许多并不成型的秘密发芽了。

万物生长，各尽其美。

一根压弯的枯草也直起了腰身。

二十六

越是人多的地方，就越是孤独。

伤痛的魂，找不到回家的路；怀旧的心，找不到路回家。

二十七

屋檐下的燕子，已经叫不出我的乳名；青苔遍布的院坝，做客的斑鸠，眼神空洞凄迷；

池塘里无根的浮萍，随风游荡不定，一如从这里去了远方的人。

杯中茶，乡愁好浓。浓得化不开飘着炊烟的心病。

二十八

等一个人，另一个人却突然出现。

是月光喝多了酒，叩错了门环？一大群的星子夺门涌出。流星划走，成了最快消失的一个人。

谁在此时如约飞过，失落的影子悄无声息？

一个人出现，另一个人却要走开……

二十九

如果能把你的倒影从浊流中扶起，白塔，你会不会手持百合，还我一江好水？

斧斤已被扔在山坡，想要长成树林；白云临水照影，看是否洗净污泥。

而此时，远走他乡的花朵，正沿着江岸重回故里。

三十

目光越过丘陵，天和地就一层层开阔。

是谁在暗中护佑，让眼前破开季节的沉默，化作万朵青色火焰，让疏远已久的激情，安安静静燃烧。

解缆的船，张开双桨，默默抱紧一条大河……

昨夜有人来过

断壁残垣，一如既往的沉默不语，墙角探身出来的荒草，也没有抬头的勇气。

有过的悲欣，有过的沉浮，这些过往来去，一任缝隙中挤进挤出的风，讲述得无头无尾，时断时续。

一转眼的事，不抓住线索，曾经的烟云被遗憾带走。

昨夜有人来过——

用一片火光映照冷月的残缺，把依稀可辨的坍塌声重新梳理。正在消失的生活，宛若一本乱了页码的书，要靠来过的人修正装订，赠予后世翻阅。

时间的补丁，能否缝补这一段破旧的墙？

一道虚无的坎，需要无形的脚来迈过去，然后扶稳站立。

然后在预设的情景里出现，为后来者挂出探路的灯盏。

谁在这里推倒了从前，谁就在这里接续未来。

昨夜有人来过，是来给出等候的答案，还是又布局新的悬念?

桂花占领的秋天

桂花占领的秋天，如一场奇幻梦境，仿佛高处枝叶间的晨光闪烁，清亮安逸。

团聚起层层叠叠的金黄花粒，挟带着夜晚才有的欢快呻吟，在你不经意间降临。

此时的人间，隐约的暗香遍地席卷。

纵然是意料中的相遇，依然让人眼前一亮，继而喜极而泣，依然如新鲜的希望冉冉升起。

这里的每一个早晨，盈盈芬芳，熏染着你沉睡已久的往事，持续美丽。

桂花占领的秋天，有谁体会到了，花香撑开的回忆里，心境繁灿，几经轮回的锦绣山河，年复一年被深情低吟。

沿着落满花粒的路线，穿过花瓣遮盖的废墟，生命中嘹亮的尾声响了起来，填满时空的寂寥。

把不变的从容，向着天边的秋色铺开。

病树之语

我听见阳光款款而来的脚步声。

温暖如雨，播洒在每一缕低垂的枝条上。这声音，点点滴滴，渗透到生命的根须，滋润我全部麻木的神经。

是一种爱意绵绵的唤醒！

这声音，听一回便刻骨铭心。当你款步走近，一身素洁的光辉晒干我呻吟里的霉斑，残枝败叶纷纷坠落，复苏的欢愉在你柔情洋溢的眷顾下，迅速萌芽。

一寸寸靠拢过来的阳光，暖心润肺，强劲的活力霎时就贯穿了干枯已久的生存空间，瘦弱的躯干摇落满目憔悴。

这声音是伸向我的手，牵引我远离朽木的遭遇，避开烂柯的厄运，扶我绕过腐叶的覆辙。

当一片片鹅黄在枝头上彼此呼应，一簇簇鲜活的翠绿覆盖全身，一朵朵花的火焰映亮晴空的季节，我最早成熟的果实一定会挂满了感激的露水。

沐浴阳光，万木争荣，我在其中高高扬起了新生的手臂。

转身那一瞬

她一转身，一根动情的弦就断了。

倒在水边的栀子花，留不住掩面而去的琴音。短暂的花开花落，让这突然终止的曲子，芳菲殆尽。

何时在此地开始，何时又在此地结束？转身的那一瞬，时间萎缩成一团乱麻，纠结成一个解不开的疙瘩。

树林像一个收集声音的巨大音箱，曾经的月光叮当和春雨淅沥，曾经的温馨和怅惘，都在这时候回旋释放。

是因为十指相扣，扣不出想要的默契？

是因为两臂互挽，挽不住该有的温度？

转身的那一瞬，只有迷路的萤火虫在树林飞进飞出，在银光闪烁的水面投下凄美的身影；只有那一句互道珍重的话里，露出一条断弦般的陌路。

生活往往预设下美丽的陷阱，上演这一幕熟悉的经典场景。

是要看看，她和你转身之后——

谁能够抖落泥泞，烘干潮湿的心情，找到走出树林的坦途。

落叶画像

划出一道悠然的弧线，飘落。回到从前，回到最早出发的地方——

不要说这样的行程太短，短得就像触手可及的梦和现实、诗和远方；

不要说这样的行程很长，长得就像人间四季，一睁眼一闭眼，已然完成生死更替。

有谁能听过散落在空中的喃喃自语？又有谁能读懂铺满一地的金黄？

枝丫上度过的每一个日子，都结成了五味俱全的果实，那是满足和遗憾的交响，是繁荣和枯萎的合奏。

飘落离去，以一个洒脱的转身，用一种自如的姿态。

飘落。带着岁月烙下的瘢痕，带着风霜雨雪洗礼过的容颜；配得上天高云淡的辽阔，配得上情深意长的久远。

保持一个好的心境：告别，也是归来。

归来，一道优美的弧线划过树下的土壤，把收获和心愿带回摇篮。

这是生命的轮转。

来世，还会回到树上吗？

窗前

那枝静悄悄的三角梅，依偎天空深深的蓝。

你看它时，闪烁着片片光斑；你不看它时，就望向远方默默眨眼。

云影徘徊，光阴恬淡。

提着菜篮窗前走过的老人，看到了微风中掉落的花瓣，久久移不动视线。

小巷，在吟诵一首诗，开头是晨曦徐徐展开，结尾是夕阳慢慢收拢光线。

老人，有点像字里行间一个走动的标点，远处那条生生不息的大河，可是他写下的自传？

一生的时光。

有时好似连绵起伏的丘陵、读不完的巨著；有时又像滑落山间的流星，一闪就重新翻篇。

起笔收笔都是：某年某月的某一天……

鸟声婉转，天色坦然。

如倾如诉的口琴响起，说的是曾经的万紫千红、穿越的万水千山。

窗前，一只小鸟歪着头，盯住小巷远去的老人看了又看。

晚景心事，就这样随风飘散。

一个人和他的影子

一个人往前行走，他的影子紧紧跟随。

在路过的地方扬起尘土，月色蒙蔽，遮挡阳光。他想把夜与昼来一次颠倒交替，给行走的呼吸声加重分量。

在十根指头缭绕彩虹，让唾沫淹没满天星斗。

看到没有？挡风的玻璃，却不能隔离他和他的影子。这无缝式伴随，进退的步骤就有了一致。

这个人前后左右随性乱走，一路咿哩哇啦。

脚印凌乱的身后，春草不愿再生，幼苗不敢长大。

一地鸡毛，飘飘洒洒。

一阵风适时地吹来了，一条路突然在脚下分岔。

过于狭窄的小路，尽头是粉身碎骨的断崖；寒鸦耳边聒噪，乱飞的枯叶像招魂的舞蹈；空中的传说里，讲述着一只想吃天鹅肉的蛤蟆。

云开雾散后，这个人和他的影子从崖上坠落。

天地静默无语，路上任何欲望的擦痕，都消失在尘埃之下。

时空依旧清朗，这个想在路碑上刻下自己名字的人，和他的影子一起，什么也没有留下。

飘过头顶的云朵

它飘过我们头顶，所有的眼神为之一惊、一怔、一痛、或者一醒。

它是由一个身影幻化而成，又由一个声音升华而去，离去的那一刻，在雷与闪电联袂压下来的那一刻，完成了自己的逃遁。

风带着它飞，身下是一片心系着的山河。

它只是沉默，只是用爱和怜悯的目光抚摸，

抚摸裸露的丘陵山谷，枯枝败叶正腐烂成叹息；

抚摸幽暗的水域，波纹下暗礁在诡秘地晃动。

受惊的鸟群回头张望，树林里嗅不到喜欢的气味，还有眷恋着的故乡，也被一层薄雾笼罩，透出陌生的寒凉。

它想挣扎，它想叫喊出来。或许，它已经挣扎过，叫喊过。

它飘过我们头顶，满腹惆怅，满眼迷惘，又一声不吭地飘去。

它是要化为无奈的雨水落下，然后悄无声息，无踪无影？还是要借助阳光，把天空干净的蓝，重新送还大地？

目送飘过头顶的云朵，答案留在我们各自心里。

黑夜里的微光

夜，是不是打翻了一盆墨汁？该黑的都黑了，不该黑的也黑了，远远近近黑成了整体，上上下下黑成了立体。

行路人，黑成了一个孤单的个体。

两旁枯枝摇摆，摸不到自己的树叶；鸣叫的归鸟，惦记着新垒的巢。

冷冷的夜风在周围吹，吹着他们在尘世身不由己地流离游荡。

行路人吼叫了一声，想和它们牵手同行，想和它们抱成一团，彼此呼应。

他抬头望一望天色，看见了云缝间那一丝光。这细微的照耀，照见河流艰难地转身和抖索，照见沟壑，照见有人勒紧了手里的缰绳。

他终于看见：夜的黑吞没了一切，唯有这微光，透出了云层，就像世上不会泯灭的爱和善良。

融化

又是一个春天，最美的还不是醒来的萌芽，重新回到了树上，而是一粒草籽从石缝中拱出腰身，睫毛上挂着激动的露水，那一颗颗，全是长夜里梦见过的星辰。

许多的虚无幻象，落定实处，就成了一片叶、一丝花蕊、一声好听的虫鸣。

就连那个荒芜的院子，久未开启的锁，也等来了一把钥匙上门来认亲。

每一次看见小蚂蚁在路上旅行，我就侧身让行，一旦我们双目对视，会读懂各自卑微的出身，用这样的方式，很容易识别是异己还是同类。

不难确认：我是前世的它，它是今生的我。更多的时候，我和它会在同样的风雨天前行，会在同样的轮回中完成相似的宿命。

我们拱手道别，坦然面对天意的降临。

一想到这些，就决意把心中的块垒融化成春水。

这朵晚菊

秋天已经走远，这朵小野菊说它还是要开。

桐油灯摇曳幼年的喜悦，那时候更大的寒冷正在来的路上。

后来，也就是一眨眼的事。老鹰在远天盘旋，翅膀下除了苍茫还是苍茫，它唯一的发现是这朵一天天老起来的野菊，满身散发着金黄色的惆怅。

四季宏阔，曾经的繁灿日渐模糊。是该谢幕了，即使承受的足够重，得到的足够多，而见证过的世间起伏，群峰一样还在连绵。

不要说枯萎的悲壮，凋谢的遗憾，这一切都可以坦然面对。

入梦的花影一定会告诉你，我是谁。会告诉你，草木一秋的我，满身金黄色的光，是留给另一朵菊的开篇序章。

会告诉你，这朵晚菊绚烂的一生，是怎样不卑不亢地上位，又是怎样不声不响地隐退。

一朵晚菊，一曲辉映生命的交响。

深情

第三辑 读悟

遥远的乐土

不足一亩的孤岛，每天是谁在点亮塔顶上的灯？

假如老人再也不能回来，能不能让我去做他的继任？

梦里才有过的乐土啊，太遥远了，远得只能搁置在心中的暗角，远得只是一团隐隐约约的绝望。

假如它只会出现在老人的时光里，现在，可否让我，以满怀的向往优先预订？

我已曾经沧海，同样还不懂得安静的滋味。

漂泊。颠沛。流浪。行走。这些围着我的词，就像被追赶的野兽，终于在这里看到了停顿下来的可能，在人迹罕至的洞窟里可以藏身。

是的，我想趁着人潮汹涌的摩擦，还没有把自己单薄的身体挤压得变形时，和这里的海滩、海水、海岩、海风、海天、海鸥一起融合成共生共息的海景，一个浑然一体的灵魂。

我同样恪守自己的职业，不去重蹈老人陷落的脚印。

会不会同样有人寄来诗歌，里面是熟悉的城市、村庄和乡音，让我读得丢魂落魄，在沉下来的暮色里一睡不醒，也忘了去塔顶点灯？

假如是，老人啊，你就等一等，我俩一起去开始新的流浪旅程。

——亨利克·显克微支小说《灯塔看守人》读后

火焰和暴风雨

曾经有一道长长的瘢痕烙在了时间最深处。一首抒情散文诗为此燃烧，哀婉的曲调纷纷扬扬，一种痛，就这样盖住了你的全部叙述。

火焰的残忍，只能由一场暴风雨暂时阻挡，死亡慢慢靠过来的脚步声，轻得就像一座山压住的呼吸。

目睹消失掉的美，善良的老人啊，万箭穿心。

穿行在情节过程里，百年呻吟，带着我一路踉跄；

脚下是你的家园，树丛中，低鸣着的，还是早年的那只蟋蟀吧？

火焰。暴风雨。

腕上的绳索纵然被烧成灰烬，昔日的脸庞却再也走不出一幅长长的面幕。一声又一声叹息，多得像搬不完的石块，压住了你的诗歌和哲学。

河边的破庙还在吗？多情的老人，你要借它来隐喻什么呢？忧郁的抒情笔调，解读出残存在那里的爱情密约，平静的眼神里，又藏有怎样的波澜壮阔？

——泰戈尔小说《摩诃摩耶》读后

无时不在的影子

当你久久目送那位老人，低着头、冒着雨，朝黑暗的地方一步步走去，你也赢得了我对你的尊敬，法朗士。

这个雨夜，只有你的笔挑燃了街区的路灯，闪耀温情；同时，把一个典型塑造在文学长廊里，让读者唏嘘。

从此，高卢人头上的天空才会多了一抹迷人的云霓。

现在，那辆装着蔬菜的小车正从你的蒙玛特街，推到了我居住的城市。你是否会担心：车轮下还是陈旧的辙印？

一个无时不在的影子，我无法与你并行，只有紧紧跟随，一路呼喊着他的名字，就像儿子呼喊着年迈的父亲。

那场雨一直没有下大，又一直绵绵不停。一百年后，晨曦初露，天空慢慢放晴。

车推过来了，我听到你在提醒：声音还可以再大些。

——阿那托尔·法朗士小说《克兰比尔》读后

废墟上有一线光亮

其实那个声音很轻，其实那个声音很远。

公元2010年的3月，一场巨大的地震在你的国家席卷。我听到了，有人一边吟着你的诗行，一边等待着要来的救援。

那一刻，地球上的最南端就是地理上最狭长的死亡走廊，而废墟上有一线光亮是多么耀眼，坚韧又柔软。

女人啊，你就是张开的那一双温馨的手臂；

诗人啊，你就是亮在头顶上，鼓励生还的精神灯盏。

神秘的光亮，你留下的十四行，说不完的话题是关于死，每一句，却又把生的力量送还给人间。灾难深重的土地上，你歌唱着离去后，又歌唱着回来。

我不会知道，为什么你不愿别的女人插手这隐秘的角落；

我不会相信，你的报复心情真有一种美妙；

你要把谁挪到阳光和煦的地面，并为他撒下玫瑰花瓣？你又要让谁重新回到自己的怀抱，要不就叫他年纪轻轻地死掉？

这个时候，就像母亲对熟睡的孩子那样深情，你默默来到废墟上空，以独有的爱，在人们身边放下了关于生的摇篮。

——米斯特拉尔诗歌《死的十四行诗》读后

最后一位骑士

周身的芬芳来自哪里？浪漫派的最后一位骑士。

整天在死亡的题材堆里进进出出，却又把好闻的香气挥洒得满天遍地。在乡村公墓，你告诉我：用什么样的鲜花才能逗引蜜蜂。

歪斜的十字架上方，挂满常春藤，你和埋葬在这里的人们，心儿偎依着乐土，无拘无束地唱歌。

对我说：你们该怎样活着。

用尽了毕生的热爱，终于让人道变得暖和。骑士，你打马穿过那一片有刺的篱笆后，昆虫都长出了翅膀，绕着蹄印飞舞。

常常在晚间的小路上流浪，透过月光下的葡萄蔓向死神叫喊：来吧，满怀火样的热情带我走。

回到现实，你最怕清醒，总是带着吃惊又偷偷溜走。躺在褐色的坟墓中，你在等母亲来时，徐徐地弯下腰。

死亡的沉重之上，我看到架设起一座轻松的桥梁。

最后的骑士，潇洒奔驰的你，用这样的吟诵，要我待在世上并且长寿。

——赫尔曼·黑塞诗歌《乡村公墓》读后

轻声吟唱

这里是你的家乡，在声音里缠绵飞翔，一边翅膀是童年，另一边翅膀是爱情。

这是你在轻声吟唱，似乎是洁白的橘花在夜空散发清幽，仿佛又是黑喜鹊的长鸣，一声声挂在柠檬树上。

从西西里岛，来到1948年的米兰，四面海风，往事迢遥。

一腔古典热情，在古老的冬天寻找谷物并倾听夜莺啼叫。

意大利就像一个梦境，四处是你的乡思发着微光。

想象中你该是一个温柔而羞怯的少年，横在唇边的笛子，低诉着人生的茫然。

只是轻声吟唱，即使瞬间就要消失；

即使庭院里不再有人挖井，城市就快死亡。

谁又在遥远的东方，听到过你的激越或者高亢，奔放或者嘹亮？

总是在半明半暗的火光中，你才说道：树和雾，水和光，还有我们的一切，不过是清晨空气的产物。

看那海浪，只是轻轻一舔，堤岸微微颤抖；

轻声吟唱，我感到来自柔软的那种力量。

——夸西莫多诗歌《岛》读后

抵达一处名叫枯树的地方

口里念着你的句子出门，我走进天空里，随着一滴水滑落的方向，看到了晨曦和野火，看到了你的背影和一道饥瘦的闪电。

眼前出现的恐慌，源自西南省份逐渐加深的旱情。

我知道，你是来叮咛它，要用根把土地抓牢。

枯树，就是我和你重逢的地方。从不同语言中走来的人，共同把乡愁寄放在这里，诗歌是我们熟悉的路标。

法兰西大地不会比我的家乡更辽阔，只是在河流停顿的时候，你的声音比我飞得更远，你的想象比翅膀飞得更高。今天，我在四川，赶着一群水上路，去为你给出的地名缓解渴望，送去安慰。

抵达一处名叫枯树的地方，我们的手才能握在一起。

你却说：一个梦游者，两颊污浊。

黄风画出起伏的弧线，枯树周围留下了龟裂的条纹。

从你的笔端把我推下悬崖，凌空振羽的句式在幻想中升华。你把习惯一再打破，又把阅读重新组合。我这才发现：法兰西的夜晚，哪来那么多璀璨的灯火？

向上仰望，你已走出三十年以外。

我知道，你曾经来过中国，但没有在那里等我。

留下一个名叫枯树的地方，让饱满的雨水从那里降落。

——圣琼·佩斯散文诗《阿纳巴斯》读后

回声

开头一声吆喝，回声一直响到了结尾。

就像一根不断的线，串连起两场最大的战争，贯穿了一个人捉摸不透的宿命。

我的确不熟悉萨拉耶伏这个地名，但我见过在街上叫卖着的那个人。字里行间，粗哑的声音里，白兰地酒气氤氲。

回声荡漾，从巴尔干半岛往东，传到我周围的丘陵。

那个人一路喊着，满脸倦意地走入我们的家族史。相似的命运和灵魂，相似的惊怵让人或者警觉，或者冷汗淋漓。

一捆捆柴，卖掉的是那个人的一生。

人的一生要怎样才能守住粮仓，点燃柴火，在阴雨绵绵、大雪纷纷的夜色里，带领谷粒等来太阳初升？

繁华总是一场梦，灾难和不幸随时会来把你叫醒。

你听到没有，烟消云散的歌和余音袅袅的叹息，还一直在我们头上循环轮回。

回声，一旦有了开头，不会不荡到结尾。

——安德里奇小说《卖柴》读后

那时的樱花

还不是春天，樱花只是心中一团幻影，一路上开得那样唯美。

山道。幽谷秋色。十四岁的歌女。崖壁边刷白的栅栏。闪电一样蜿蜒着似有若无的恋情。

阵雨。杉树林。重叠的群山。江湖上漂泊的行程。风声一样渲染着心境的空虚和缠绵。

一片片令人眩晕的白，温泉泡热的柔软，让尾随不舍的目光，牵引着多情的憧憬。

那时的樱花，是这样开起来的吗?

川端大叔，你手里握的不是笔，是雕刀。细腻的刻痕，流畅的线条，云淡风轻的叙述，悱恻的韵味引人入胜。

后来呢? 刺鼻的硝烟漫开了，战火烧红了这片土地萌芽的野心。

那时的樱花艳得比忧伤还要深沉。

有一种痛叫心灵煎熬，是不是只有选择早夭，才能成为最真的解脱，或是最美的凋谢？

伊豆无豆，歌女无歌。

那时的樱花，落英缤纷，一阵阵是虚幻，一阵阵是颓废。

望着你陷进泥泞的背影，川端大叔，我送你一声叹息……

——川端康成小说《伊豆的舞女》读后

一棵树和又一颗星

仅仅又过了十六年，又一颗星，紧随同胞塞弗里斯腾飞的语言轨迹，在同一高度，发出了同样的光芒。

希腊美丽的夜空，再一次被诗歌照耀。

那片国土，有着许多漂亮的半岛，到处都有金黄色的阳光，地中海的靡靡风情，是一种让人迷醉的炽热。

整个下午，我都被那里的一棵树，一棵摇曳多姿的石榴树弄得惊愕不已。谁又来告诉我，为什么被你反复说到的疯狂，隔着千山万水，也能让我的血液滋滋地燃烧？

这样的狂野，这样的放荡，也就这样的酣畅。

这样的节奏又怎能不让人毛孔舒张……

当一棵树可以疯狂到如此形态，又怎能不把又一颗星托举到树尖闪闪发亮？多年了，我的阅读总是山重水复，我的写作总是云遮雾障。今天，你让我明白，怎样双手捧着太阳而又不被炙伤。

南风拂窗，我看到果实累累的石榴树，是一种自由的舞蹈。

——埃利蒂斯诗歌《疯狂的石榴树》读后

秘影

影影绰绰的花形，掩护这个小镇往深处隐退。

任人满腹心事地眺望，哪里还有与世隔绝的美？

在美国，在南方，在你的笔下，依旧嗅得到那时的衰亡气息。

一绺铁灰色的长发，这头系着诡异的爱情，那头拴住远逝的繁荣。

从头至尾，看不到阳光出现，谁又能推开那扇紧闭的前门？

不吐一字的黑人家仆，带着答案从后门失踪，留下一生厚重的暗影。

仿佛一场宿命，所有的灰尘落定精细的水晶和白银。

满屋的高贵和宁静，比败色的玫瑰更要哀婉。

能够说出这段身世，你的文字也就占领了这片区域。

征服还在往前推进，我却始终方向不明，又是什么在眼前忽现忽隐？

——福克纳小说《纪念爱米丽的一朵玫瑰花》读后

噢，白鹦鹉

和那里的人一样，我愿意看到你的飞临。

翅膀下面，也有着那时一样的场景。我看到了，穿梭来去时，你已把裂口的日子重新连缀。

无形的线条，无形的针，缝补起一个时代破烂的心情。

你何时能来？之前，我还不知道天空上有过这样的飞行。

曾经的新大陆。散开没有？那些暗淡低沉的气氛。

是不是要靠一支笔引路，那里才会落下这个温暖的象征？我看到了，一片重洋和一段时间抱成一团冰，有了融化的可能。一粒飞来的火种，让陷落在孤独里的风土人情，涌动起了亮色波纹。

白光跳跃。那里，每个醒来的早晨，从此空气清新。

在我眼前飞，整个下午的安静一直晃动不停。

重复着的生活，重复的人群，何时又能等来你的重复降临？我看到了，空间还在被分片隔离，只有时间不可能间断停顿。放飞你的那个人，在我耳边，就是这样叙述着他的所见所闻。

噢，白鹦鹉。之后，还有谁会和我一样留心你的踪影？

——帕特里克·怀特小说《白鹦鹉》读后

胜利的斧头

是谁的声音才能把你叫醒？手中的巨斧，又是哪一颗牙齿的化身？

是从一万八千年的长睡中醒来，醒得威风凛凛；挥舞起巨斧，朝眼前浓浓的混沌和沉沉的黑，砍下去。

一团混沌。一团漆黑。一声巨响，一个裂开的宇宙从此再也没合二为一。

此刻，在遥远的后世，我不能不把崇敬的目光投向你——

只见清而轻的物质一丈又一丈上升，成了天；重而浊的物体一丈又一丈下沉，成了地；你站立其间，脚踏手举，一丈又一丈长成了巨人，顶天立地。

一个手持巨斧，开创天地的黄皮肤始祖！

今天，我在字里行间出发，想要寻觅你的踪迹，想要找到那柄斧头。他们告诉我——

那些崇山峻岭就是你的头颅，太阳和月亮是你的眼睛，树木花草是你的毛发，辽阔大地是你的肌肤；你的眼泪变成了星辰，血液变成了江河，汗水化作了滋润万物的甘霖雨露……

开创天地的人，把自己的全部都给了天地。

只是没有人告诉我，这柄胜利的斧头，被后来的谁接手？谁的力量还能举起，砍斫出另一片天地？

——上古神话《盘古开天》读后

遥远的取火人

那个人，是我的先祖，智慧高于同辈。若不是，她就读不懂鸮鸟以喙击树的启示，听不到伏羲来梦里下达的神谕。

漫长的时光隧道尽头，是他栉风沐雨的身影。

他走出茹毛饮血的原始森林，翻越迷雾蒙昧的高山大河，穿过疑云重重的族群部落。踉跄的赤足，披散的乱发，围在腰间的兽皮，被一路的荆棘撕扯着。

一双望向远方的坚定眼神，星光闪烁。

他要把钻木取来的第一粒火种，带回家乡，带给人类。

让火的花朵遍地开放。火的色彩，火的芬芳；火的歌声，火的舞蹈；火的呐喊，火的呼啸。火的果实挂上文明进化的树梢。

无边的黑暗一寸寸退远，刺骨的寒冷一节节萎缩，一个接一个炊烟蓬勃的村落拔地而起，一座接一座的熊熊炉灶，奏出铁铜金银的交响。

一个个仰起头挺直胸的先祖，长寿的基因在体内欢畅流动，生生不息地遗传给后裔。

火光中，那个人的名字熠熠生辉，就像他取回的火种，永不熄灭。

遥远的取火人，把最为关键的一步脚印，留在了前行的路上！

——上古神话《燧人取火》读后

看见

追赶太阳的人，力大无穷，眼里喷出自信的火苗。手中紧紧攥着的木杖，闪耀象征的光芒。

一刻也不放慢追赶的步伐。他要捉住太阳，给所在的部落私藏，听命于自己左右。

权杖之下，连金蛇都不敢停下舞蹈，连洪水也只能选择退却。剩下头顶上这个桀骜不驯的太阳，还没有被拿下。

他一路狂追，心中膨胀起越来越大的渴。

九天九夜的追逐，却不见缩短一寸距离，而渴，石头一样压在胸口，堵住呼吸的通道。

这样的渴，即使喝干黄河，饮尽渭水也无济于事。望着更远处的水源，眼里的火苗熄灭，他烂泥般瘫倒在路上。

被追逐的太阳，依旧不紧不慢地往西移动。

追逐太阳的人，最后不得不松开手杖，让它化作一片郁郁葱葱的桃林，就像竖在大地上的一串串叹息。

都看见了，桃林之上，一种悲壮，一种悲哀，久久挥之不去。

——上古神话《夸父追日》读后

女神始祖

洪水滔滔，天火熊熊，你忧戚的面容多么凝重。

眼前这天塌地裂的残局，源自火神祝融与水神共工的纷争。犹如汤浇蚁穴的百姓，犹如火燎蜂房的子民，在兵荒马乱的家园无处安身。

哀声遍野的一副烂摊子，谁来收拾？谁又来重建？

当你一声不吭地站出来，一线暖人的光辉就慢慢穿透暗影。

你向天边走去，成为最亮的那一颗救星；你向四海走去，成为东方第一位女神。

让一众不可一世的须眉，呆立一边，哑然失语。

肯定是惊世壮举，注定是人类史上最感人的一页。

你借来太阳的神火，冶炼出红黄蓝黑白五色石，补好了苍天残缺的窟窿。这无与伦比的创意，无疑是浪漫主义的开山作品。

你捉来东海神鳌，借它的四足，重新支撑起倾斜的天幕，呈现七彩云霞。这足够大胆的构造，超乎所有的想象力。

终于舒展开来的笑颜，和暴雨后的彩虹相映成趣。

和平如春的天地间，你常常显影在后世的仰望里。

——上古神话《女娲补天》读后

鸟儿问答

这双沉重的翅膀，从我懵懂的儿时，一直飞进人生暮年。天翻地覆的世事，也没能改变它飞的姿态。

在我眼前翱翔，在我脑海盘旋，固化了我的认知和观念。

而大海，也是亘古不变的表情，既不解释，也不致歉。敞开的胸怀，坦坦荡荡。

此恨绵绵。一方是代代接力，衔来石块树枝誓要填平沧海；一方是年年岁岁不退不让，决不消减半分半毫。

一个爱恨情仇的经典死扣，迄今无人解开。

问鸟儿：你本是不慎溺水而亡，灵魂又得以再生，何不换一副轻盈的翅膀，与大海冰释前嫌，共绘世间相亲相爱的海上景观？

鸟儿答：我已塑造成人们眼中坚贞不屈的样板，成型为天下矢志不渝的楷模，要我放弃这一切，无异于再次死去。

我的思考黯然失色，我的探询就此夭折。

不言不语的大海，用怜悯的目光看看鸟儿，转身继续把辽阔和博大向远天铺展……

——上古神话《精卫填海》读后

草在说

看到了吗？山中越走越远的采药老人——

假如可以回到从前，我会在你经过的丛林、峡谷、悬崖、险径、水边适时现身；我会在五谷与杂草共生的地方，在百卉与药花一齐绽放的时候，脱颖而出。

我会被你手中的赭鞭指认：或者以毒攻毒，或者以温补温。

即使做不了稻黍麦谷豆，献不出五谷丰登；那就做一株优质的药草，一味苦口的良药，期待你的命名。

站在望农亭，你白须如风，目光如炬。身前身后是虎豹狼蛇的嗥叫，耳畔是黎民百姓病痛的呻吟。

你健步如飞，溶身在茫茫的山山岭岭……

我会一路紧紧跟随。哪怕历经七七四十九天的餐风饮露，九九八十一难的颠沛流离，品尝三百六十五种花草的千滋百味，也要走进你笔下的《神农本草》里。

假如你能够降临今世，定会为我们擦拭那些医匾药柜上的蒙尘，用百草的清香，为多病的世界荡涤沉疴恶疾。

草在说：久违了，采药老人，造福人间的一颗良心。

说话间，一只神秘的白鹤飞来，却把你接去了天庭……

——上古神话《神农尝百草》读后

你若回家

究竟是谁？迫使你离家出走，去到那遥远的广寒宫独守空闱，从此不归。

年复一年，日复一日，苦熬着寂寞的寒和乡愁的痛。

是不是后羿他不解风情，抛下你去博取射日的功名？是不是不堪那个逢蒙的阴谋算计，你要摆脱预设的圈套，跳出布下的陷阱？

万古长如夜，有没有一双手，为你点亮安慰的灯？

说什么高处不胜寒，他们不懂你的孤独。你有邻居吴刚捧出的桂花酒，洋溢着浓郁的人世温情。

说什么碧海天青夜夜心，那也是别人的猜测，不是你的后悔。你身边有善解人意的玉兔，陪伴你起舞弄清影。

月宫有月宫的暖，人间有人间的冷。

……又是一个中秋月圆，你看到没有，故乡山河，再不是从前的旧貌，世道人心也在回暖。

你若回家，一定会有清风，为你吹散迷雾；一定会有人，守着不眨眼的窗儿，挥动急切的手；返回地面的航天飞船，一定会有一个位置，给你预留。

今夜啊，就让那棵砍不断的桂花树，为你张灯结彩，挂红欢送。

你若回家，这篇古老的神话，就有了一个圆满的结尾。

——上古神话《嫦娥奔月》读后

旷世博弈

斧子说：没有我砍不了的头。于是倒霉的伯陵倒在你的脚下。

天帝说：没有我收服不了的神。于是你被捉拿归案接受惩罚。

于是，一场空前绝后的博弈就此拉开序幕；一场旷日持久的拉锯，注定只有开始，不会有结局。

月桂说：还没有能砍倒我的斧。

斧子说：还没有我砍不倒的树。

砍出去的每一斧，都是力和意志的迸溅，是回响在天地间的震撼，是一声声对遥远亲情的呼喊，是对时间和空间无边无际的回应。

仅有的安慰，是来自化身为蟾蜍、白兔和蛇的三个儿子，在身边陪伴。

仅有的胜利，是让叼走你衣衫的那只乌鸦，又满含愧色地送还回来。

月桂说：我不能倒下，不能断送我不死之美名。

斧子说：我不能停下，不能自毁前功于一旦。

而在看不见的暗处，天帝却抿嘴一笑，让输赢失去了意义，胜败没有了价值。

只是吹拂了千万年的风，还在诉说着这场旷世博弈的悲凉。

——上古神话《吴刚伐桂》读后

第四辑 游思

跟你一起去长宁

一

曾经对自己许下了承诺：跟你一起去长宁。

手握共有的一份期许，这个夏季，一起去到那一域望不到边的竹海，合着绿浪翻卷的节奏，完成一种默契。

先于心事出发的想象，触及到了雨水的炽热和阳光的清凉，一路上步履轻盈。

风迎面吹来，你是否能听到海浪在竹梢上的澎湃？

二

这样的澎湃，压住了我的全部呼吸，要么急促起来，要么平缓下去。是的，能够被形容为海，这该有怎样的不凡气势。

一枝竹，就是一种风范；一片竹，就是一种风骨；一海竹，那又是怎样的一种风采？

从不同的方向走来，就会有不同的解读。

三

在竹林中深入浅出，你从里到外都会被染绿。这蓬勃的色块既能覆盖前世的荒芜，又能掩映今生的臃肿。

一根竹就是一个这样的生命：每走出自己的一节，就是向高天的一次靠近。

前后没有排挤，上下没有压榨。每一个生命都有着挺直的腰身。

从人海来到竹海，游走的姿态就多了几分自然，还多了几分从容和安闲。

四

我知道，一枝竹怎么也说不上巍峨，但我不能不说，千万枝竹集合成海，的确是不同凡响的宏阔；

一枝竹不过是一句单一的叙述，一大片的竹海肯定是一部完整的传奇，摄人心魄。

想要做这样的竹，就要重新来一回成长，就像雨后的竹笋，找到自己的出路前，先要把压在身上的土层拱破。

五

从竹子根部启程吧，让带雨的竹风洗净眼里的灰尘，你就能看到，每一个路口都是别样的风景。

去一片竹叶上露营吧，让斜照过来的霞光映亮内心，这个夜晚的梦，一定会笼罩千山万岭。

最后和你在竹梢尖上会合，共同把一桩夙愿完成。在向更远的地方眺望后，带走我们的经历并让它成为记忆……

六

谁还在枝叶上暗自沧桑？现在，我们得暂时放下世间的冷暖，放下眉间的忧愁。

你看那些头上有竹的汉字，哪一个不是在词典里要么知性沛然，要么诗情闪漾。

借助这样的汉字指引，今天，你和我来到了忘忧谷。

一边枝枝叶叶地相亲相依，一边把幸福快乐收藏在心里，把忧伤哀愁丢弃在身后。

七

又是谁一不小心，遗落下这块浮翠流丹?

仙女湖，你就是竹海中的海；是一泓不染凡尘的美，是一笔不可复制的点睛。

这是竹海隐秘的一角，适宜某个人独自聆听。

湖面上微微漾动的波纹，说着让人心跳的柔情。一直波澜不惊，却又风情万种。

仙女湖，仿佛一滴比情感更重的眼泪。

八

总是在不经意间，会出现多姿的瀑布在峡谷悬挂。你可以惊世骇俗地奔泻，你也可以石破天惊地轰响，你还可以飞珠溅玉地炫耀。最后，都只能成为宁静的一个部分。

这浩瀚无际的绿色沉默，足以淹没所有的杂色喧哗。

站在观云亭望上一眼吧，在目力难及的空茫中，你会发现自己的真实和渺小。

竹海，让我们全部的经历，大不过一粒稚嫩的竹芽。

九

你说，在一片竹叶上看到了雨水的光辉；

我说，一片竹叶让人摸到了阳光的湿润。

靠着一致的悟性和默契，你和我走进另一条竹林幽径，去交换内心的响应。

身后的人海依然如潮，我们的心地从此和竹海一样澄明。

从此躯壳即使挤压扭曲，灵魂的姿势也不会变形——始终就是那一竿，那一枝；或者那一芽，那一笋。

十

从此绿海天涯，胸怀烟波浩渺；竹风拂过处，行程弥漫清新。

耳边还有琴蛙弹唱，竹鸡啼鸣。一声声，把我们带回到童年场景。这个四川之南的风景县城，是一种向往，更是一种怀念。

跟你一起来长宁，这个夏天，我懂得了怎样让心境常年竹影婆娑；怎样在炎炎夏日，释放满怀的清凉。

啊，南迦巴瓦

千里迢迢来见你，却又不能靠近你。

依旧是整日躲藏在雨雾之中，让我满怀的真挚化为喘息，一口口跌碎在远远的山脚。

那么，谁的手可以为我揭开这神秘的面纱，得睹你倾世真颜，才不负翻过雪山，穿越草原而来的诚意？

啊，南迦巴瓦。

说你是深藏秘境的羞女，只为等待某个意中人带来的消息；

说你是直刺天空的长矛，只听命于格萨尔王的旗语；

你是喜马拉雅族群里最出众的孩子，你是雅鲁藏布大峡谷不分不离的伴侣。

是青藏高原独一无二的传奇！

没有神灵的眷顾，谁也成不了那个幸运的人。不能去到山顶众神聚会的宫殿，就到不了通天之路的唯一入口。

那就双手合十，献出我最后的虔诚：用一百次的沮丧，是否能换取你一次遂愿的赐予？

啊，南迦巴瓦。

英勇的胡杨林

你用三千年来守望，我用大半生来奔赴。

以为是一片叶子和另一片叶子的见面；以为是一棵树和另一棵树的重逢；以为是一个坐标系和另一个交叉点的汇合。

你那一望无垠的灿烂金黄，有销魂蚀骨的美，有摄人心魄的静。

是天底下绝版的秋色！

该有怎样的倔强峥嵘，才能书写出三千年不死不倒不朽的神话？要用多么深沉的爱或者恨，才能抱紧这荒凉空茫的黄沙大漠？

弱水河泛起神秘的蓝色涟漪，似乎平静地诉说着什么，又好像什么也没说。

走进你的深处发现，有一种壮烈可以把死亡变小变单薄；有一种坚韧可以把诞生养大养崇高。

用这样的口吻谈论你，胡杨林，我还没有勇气成为你枝条上的一片叶，更没有资格成为你林中的一棵树，挥洒同样的金黄，站立起独特的形象。

唉，你肯定从我身上闻出了匆匆来去的浮躁和焦虑不安的味道。

谁能成为你最好的陪衬？谁来配得上你的旷世绝美？

极目天边，一队沉稳跋涉的骆驼，踏着大漠夕阳，由远而近，正朝着额济纳走来……

眺望那个远去的身影

在眉山，你一眼就能望见北宋嘉祐四年那个飘雪的冬天，眉山顶，一个云雾笼罩的奇迹忽隐忽现。

山下人家，城里纱縠行苏宅的大门吱呀一响，一个二十四岁的青年走了出来……

那一刻，没有谁知道这预示着什么，只有时光在他的脚下闪开，默默让出一条通往荆州，指向汴京，波诡云谲的水道。

岷江，青衣江，宛若母亲送行的一双手臂，送他登上行程。依依不舍的目光下，襁褓中一口口奶大的孩子，正一步步远去成模糊的身影。

那一刻，又有谁知晓，大宋王朝的天空，就要升起一颗光芒四射的诗星，并终将被后世深情仰望。

川江，载一船丰盈的诗意一路东下，十一郡列队相迎，二十六县夹岸相送，诗如浪涌，词如花开。六十个日出日落后，四十二首洗濯一新的华章，就这样被浪花一一托举出了水面。

仿佛横空出世，这个名叫苏轼的青年，起笔就如此瑰丽，出手就不同凡响。

……往后的时光里，这个名字将注定要在华夏民族的天空上十分耀眼。

在眉山，你望着这个越行越远的身影，视觉也越来越清晰：他用六十六年的生命历程，挥洒出来的诗、词、赋、文，锋芒如刃，像出鞘的九华剑，像闪烁的七宝刀，刺破了颓势文坛那漫漶已久的沉寂。

你看到了吧，大宋的文学疆土已被他百里千里地扩张，中国文学史的册页里，也被他逐字逐句地丰满。

从此身影巍峨，光芒辉映。

从此有谁不景仰，这一颗名叫苏轼的星辰，这一块星辰升起来的土地：眉山。

一个初夏在眉山行走

沐浴着五月的阳光，行走在眉山街头，总会有冲动的意念萌生。最终我不能把你私藏行囊或者寄赠好友，但可以丰富梦幻或者滋润寡淡的诗情。

三苏祠，你总是给人一次次文脉蓬勃的心跳。

是不是有了你的定位，那千年的雾和雨就再难搅乱这古城的从容和澄净？

这每一条街，每一条巷，一定是平平仄仄的韵律铺成，跟在那个若隐若现的诗叟后面，听他反复吟诵绝版的诗词赋文。

跟着他，在那些精妙无比的字里行间行走，在流传亘远的芬芳里，心境深远辽阔，游踪也多出几分雅兴。

千年的时光斑点，遍地散落，随便捡拾一块，都能嗅出苏洵的气味，闻见苏辙的呼吸，听到苏轼翻动书简的声音……

迎面吹来的风，带着北宋文本的墨香熏陶着每一个路人的心或者眼睛。

老街。旧巷。都有从前的月光照着经过这里的敬慕和怀想走走停停。

夜深人静的睡眠里，你会看见，三苏父子领头，后面是八百进士列阵跟进，一条波澜壮阔的文脉，河流一样绵延至今……

五月夏花斑斓，这动人心旌的眉山风情啊！

三苏祠，一座文采熠熠的地理坐标啊。

从这里辐射出来的迷人光芒，雨水一样在东西南北的层层土壤里润泽、灌溉，在历朝历代的年轮深处奏鸣，回荡。

在这里进进出出的人们，没有谁，能够准确估量出这座古城日益厚重的人文营养；也没有谁，不想吸纳三苏父子的精髓，从里到外，成为一个俯仰天地而无愧的眉山后裔。

和东坡先生隔空夜谈

手握一卷你留给我的锦绣诗篇，隔着千年的时空，先生，借一杯眉山清茶我们小叙。

目前正是初夏，满目缤纷，往事迢遥。

这里是你的家乡，不远处的黑龙滩、槽渔滩，像一双睁开的明眸，忽闪着思念的波光。

从北宋蔓延过来大片大片的万紫千红，在老峨山的瓦屋山顶撒下你浓郁的文墨花瓣，让所有来访者驻足流连。

自那年你乘舟远去，就再也没有回来，伴着年年代代的花香，乡情的眼泪，从公元一一〇一年一直流淌到今天。

今夜啊，先生，请让我猜想，你是伫立在长江岸边，看浪淘尽千古风流人物？还是怅望着一轮溢满亲情的明月，把酒问青天？

声声绝唱，不是先于你重返故土，就是追随你颠沛流离，贬谪他乡。

河山万里，从汴京一路放逐到儋州，纵然是命运的行程越来越险恶，你还是用真情的笔墨搭建起苏氏文学长廊，一座座别致而又结实，历经千般风霜也不会坍塌。

其实你从没有真正跨进那个王朝的门槛，就因为那是琼楼玉宇，高处不胜寒；你也从没有走出父老乡亲的视线，就因为每逢蜀叟谈终日，便觉峨眉翠扫空；你只是用一页页清雄的月辉，去映照百姓的心境和家园。

诗篇大地，词赋长空，墨迹江山……

这已足够，你和父亲、弟弟结伴而行，让三苏父子这个响亮的称呼，成为这一切不枯竭的光源。

今夜我们喝茶，隔空小叙，只说诗情和乡愁；下次我们饮酒，再说说那天外黑风怎样吹海立，春江水暖又如何鸭先知的往事烟云……

还是来这里——先生的家乡眉山。

金川题照

让我回到那里去

——读佚名摄影作品《烟雾缭绕》

离开那里很久了，久如前世遗留的一句歌谣；离开那里很远了，远如旧年的一段记忆……

曾经的梦，在斜下来的山脊上流动，我仿佛听到了，在烟雾缭绕的地方，总会出现最亲切的呼唤，如丝，又如缕。

一层层铺展出来褐黄色质地，我还是看到了，烟是霞的摇篮，雾是光的襁褓，沉积着最初的美和吸引。

红尘裹足，我的一双目光早已是泥泞缠身，不知道还要去往哪里？

而此时，谁又能轻轻对你说出：让我回到那里去……

在慢中奔跑

——读代永清摄影作品《看春花节赛马》

时间在草原上奔跑起来的时候，争先恐后不过是一场游戏，马蹄下，依旧是最慢也最温馨的光阴。

所有的甚嚣尘上，被阻隔在画面以外了。

由远及近，由近及远，蹄音穿透地心，草浪一样漫过来，又朝着太阳初升的方向漫过去……

美好的日子其实就这样单纯：一次尽情的奔驰，或许，只为着某一顶白帽下的那一个静静的背影。

那该是怎样的花月面容，那该是怎样的一双清澈的眼睛啊！

在慢中奔跑，宁愿更慢一些，慢到定格在那里，只为把她的目光牵引。

一群马，在草原上的奔跑里，勾勒着一个民族浪漫的身影。

城的另一种记忆

——读代永清摄影作品《革命圣地红军城》

川西北。金川。1935 年的枪声溅落……

草原广阔。藏起来的沧桑和深邃，把这里涂抹成不褪色的风景。

谁能告诉我，从眼前飘走了多少杆猎猎的军旗呢，去城外数一数那些血色的格桑花吧；当那支衣衫褴褛的队伍，当他们北上的背影一点点消失在这些青瓦屋脊之外，一堆堆熄灭的篝火也凝固成了历史册页中闪闪的红星。

烽烟。沼泽。血迹。陷落的呻吟。倒下的生命……都淡化在遥远的背景深处了，压低我们视线的，是那段岁月的沉重。

记忆仅仅是纪念碑的雏形，或是英雄传奇的草稿。

这样的城，该用怎样的步态跨进去，又以怎样的步态走出来呢?

向　往

——读张兴泉摄影作品《天下最美的村庄》

这就是魂魄深处那个梦境吗？这就是时空远处那段天籁吗?

是吧，述说你的美，突然怔住的笔，显出了呆笨和迟疑。

是吧，覆盖在上空，缭绕在山腰，这些舞蹈一样的云雾已然夺取了我们想象力的全部精灵。

我只能说，这样的村庄，是自然和上苍合作时的一次感应，是合作后的一抹痕迹。

就在天底下，它似乎离我们很远，又似乎离我们很近。

它是川西北一座山谷里最美的一节腰身。这个村庄，找到它，足以用一生去栖息。

找到它，我们先得找回眼睛里的澄澈，找回心中的干净。

幻　境

——读李屏摄影作品《灵动》

一出现在眼前，就感受到了那份沉静，那种美。

即使到现在，我也猜不出你的名字，但我知道，岁月的静好，因了你又多了几许绚丽。

透明的河水，白云在流淌；暗色的草地，阳光在沉思；光与影合力打开的幻境，仿佛有异乡人寄放在这里的心事。

你不动声色，但内心的灵性，我能触摸到。

硕大的断树桩带着几分忧郁，身上缠挂的，莫不是某位少女遗弃的一袭白袍？就像一个没有开头和结尾的传说，给阅读带来诗意的困扰。

一个幻境，蕴含的灵动，指给我们别样的审美去向。

莲花开在这里

——读陈典君摄影作品《观音庙莲花广场》

莲花开了，金色的，观音的气息洋溢着安宁和祥瑞。

天佑一个民族，只需一个眼神，便映亮了这一角天空和草地。

一个广场，就是上苍降下的一句神谕，就是藏民袒露着的一颗圣洁的心。

莲花开在这里，就有了雪山的阳光，草原的云彩。

岁月中的痛，从这里远去成为依稀的背影；日子里的福，在这里就像红气球一样醒目地上升。

都来了啊，人们。手拉起手，用内心的虔诚，用舞步的欢欣把世界吸引。

多好、多美！莲花开在了这里，金色的。

色达纪行

那些从千里之外赶来的人，只为着见你一面。

你的名字，是不可抵御的吸引，也是一种召唤。

这里的每一块石头，都能流畅地诵读经文；这里的每一根树枝，都是闪电的化身，传达着天上的谶语；用各种姿势抬高的脚步，都在这里轻轻放下。

这里每一棵小草都披着僧袍，一生只做一件事：修行。

连绵不绝的绛红色小木屋，是铺挂在山间的屏风，欲望的暗影被拒之门外。

再厚重的盛衰沉浮，到此无言。

再深沉的悲欢离合，落地无痕。

抖落世外的喧嚣，在这里选址藏匿功名，用天空最干净的蓝，盖住自己的梦境，从此隐姓埋名，回归生命的平静。

从此，灵魂找到了归宿，眼里只有安详，心地没有灰尘，是每一个从红房子进出的身影共有的神情。

何谓信仰的圣地？何谓世间的净土？不妨去问问簇拥其间的寺庙和佛堂，以及手持经卷，静坐在光影中的僧人。

我们来自哪里？去往何处？不妨趁暮色渐起，登顶坛城，看横亘无垠的灯海上，若隐若现的答案如何浮出水面，回应各自的悟性。

此时，心中会升起一片不愿再被打扰的静，暖透全身。

或许，这就是一生必须见你一面的理由，色达。

路易港寻迹

一

一座梦中的花园。

一幅天然的画，一首别致的诗，一段凝固的童话，一支舒缓的小夜曲。

一个从海底浮出水面的名字：毛里求斯。

感受到印度洋蔚蓝色的海风，吹遍了整个世界。

二

是上帝突发奇想，依照你的模样，跑回去悄悄仿造，取名叫作：天堂。

知道这个秘密的人，叫马克·吐温。

他说出的是一个比喻，却一直在时间里回响。

三

何时归来，渡渡鸟?

为什么，这个星球上再也找不到你的踪影?是对人类有了警觉，去了另一个世界藏匿?是不是被上帝带走，去到天堂繁衍生息?

呆笨可爱的憨态，温顺善良的性情。

在人们怀想里相伴，在国徽上筑巢，在国土上定格画像，在梦境中重回故乡。

四

自然桥。自然天生，桥下是惊涛骇浪，桥上蓝天白云。

难道是上帝离开时，给这个岛国留下的稀世绝笔?鬼斧神工的杰作让你领略风口浪尖的步步惊心，体验上天入海的壮怀激烈。

然后，让每一个从桥上过去的人，从此踏平坎坷，一帆风顺。

塞舌尔岛趣

一个海岛呼应又一个海岛，一片海滩牵连另一片海滩，一群海鸟追逐另一群海鸟……

眺望的眼神触摸着印度洋海风的柔软。

用一双视线牢牢绑定非洲大陆的东部海岸——

一棵棵安安静静的棕榈树，给你撑开遮阳的伞，送来海空的蓝；

一树树拖着长影的椰林，摇起大叶扇，让阵阵清爽和你亲密无间；

一只只笨拙大象龟，伴你把光阴拉得又有趣又舒坦；

一层层雪白的海浪，轻拍沙砾，为你把岛上的风情娓娓道来。

你呀，一个还不知天高地远的小不点。

人世间的路还没有走稳，就把歪歪扭扭的脚丫，踩到了海角天涯。

或奔跑。或躺卧。像跳跃的笔尖，把尽兴的欢乐画满整个海滩。

夜色下，海上明月照着你，这个名叫火火的孩子，照着一枚小小的海螺——

吹响自己的童年。

眺望。一双扯不断的视线，一头拴着你，一头拴着亲情。

金阁寺虚影

金碧辉煌。一团光影倒映在水中，倒映着深处的忧郁，倒映着东洋岛国诗意的颓废。

一树接一树绚烂的叶，遮天蔽日，恰似那年的火舌，是要吞噬每一条通往这里的路径?

一团废墟，在眼前挣扎着再次涅槃，却又始终语焉不详，意图不明。

一段真实的历史，被演绎成了虚影。

一个陈旧的哲学命题，推翻的是由来已久的造型。

谁想破解其间的奥秘，谁就难逃同样的宿命。

那团火焰早已熄灭，折射的光影里，走出一个名叫三岛由纪夫的人，神情忧郁。

如今，纵火毁寺的那个人已去，妙笔成书的那个人也已去。留下——

这座金阁寺，吸引远远近近的人们探询；

这部《金阁寺》，叩击后世读者的心灵。

交相辉映的往事，哪些是虚？哪些是实？年年岁岁，落叶无声。

寺顶上，那只金铜凤凰，望着远方，身影是那样迷茫又唯美。

美萍酒店之光

你戛然而止的歌声，在每一处角落闪烁光芒，久久不散的痛惜声，在每一朵花蕊里荡漾。

满屋百合，不言凋谢。

从此，只为等着你还会归来，每一双怀念的眼睛在深情触摸，寸断柔肠。

小城故事多。那么美好的故事刚刚开头，就被你意外结尾。那一天，小城清迈的天空突然塌了下来。

你优雅的身影和容颜在多少代人心中定格不老，时间和空间知道；你不朽的歌韵在多少代人灵魂里筑巢，时间和空间也知道。

满屋百合，每一朵都散发你迷人的气息，千里万里之外来到这里的人，你的名字就是他们的指引。这是你最后的归宿，也是你又一次的启程。

或许，在我不经意的时候，在更深处的时光里，你会重返清迈，收回绝唱。

或许，这个酒店的1502室，会永远为你的名字预留——邓丽君。

从阿布扎比去往迪拜

这如梦如幻的行程：一片沙漠连着一片沙漠，一段海岸连着一段海岸，是一幅画接着一幅画，在车窗外悬挂展览。

一幅画就是一个故事，一页传记，甚至一个谜，听阿布扎比灼热的阳光一路上给你讲述。

如画的滨海大道，铺满了从皇宫大酒店流泻出来的钢琴旋律；一个个人造海滩上，林立的高楼大厦，被源源不断的石油喂养得瑰丽巍峨。

口衔橄榄枝的鸽子，在楼与楼之间忙忙地穿梭，似乎在驱散中东上空弥漫已久的硝烟。

盘旋的阿拉伯之鹰，俯瞰着翅膀下面不平静的海湾。

这阳光下的梦，让我有些眩晕……

当故事一说到迪拜，车窗前方，由远而近的哈利法塔，一柄 828 米的长剑，刺穿天穹。

是要斩断长约数十年的战线？

是要向天索取人民久盼的和平答案？

茫茫大海上，那个七星帆船酒店，以义无反顾的态势启航，即使还无人知晓，何处才是它能靠岸的地方。

而此时，我也从梦幻中清醒过来。

歌声伴行阿里山

在断崖处小坐，我看到海峡上空变幻不定的流云，被势不可挡的霞光一点一点地抹去阴霾。

耳边林涛拨动琴弦，唱起了一支熟悉的歌谣。

林间小道闪出两个身影——

一个是歌声里美如水的姑娘，一个就是壮如山的少年。

多少年过去了，会唱歌的阿里山啊，高山依旧是那样长青，涧水依旧是那样长蓝。

只是姑娘和少年，不知是延续到了第几代？沧海桑田。依旧是骨肉亲情，血脉基因不会改变。

山风清凉。歌声越唱越缠绵，一条无形的纽带，把心与心紧紧相连。

山高水长。会不会有一双诚恳的手来抚平旧时的伤感？会不会有谁能让花朵开成一张张笑脸，铺满山谷和涧水两旁？

从断崖处起身，继续山行，歌声一路深情引领。

我相信：那一年，那一天，那一时一定会在前方某个转弯处应声而来。

而此时，道路依旧陡峭，依旧崎岖……

后　记

本书所辑，皆为近六年来，我创作或定型下来的散文诗作品。

日月轮转，光阴飞逝。2016 年底结束职场生涯，生活模式回归自由。之后的整天整月整年，或陪护幼孙，沉浸天伦；或游历山水，读书写作；或养花侍草，习琴练球。转瞬六个寒去暑往，充实而又写意，其间所悟所得，多已化为本书篇章。

细心的读者不难从中发现，较之以前的旧作，我在这个时段的写作有了十分凸显的变化，整体上的清闲，轻松中满怀着善意；通透、流畅中蕴含着深情；从容、恬淡中释放着感悟。大道从简，于身披夕阳、脚踩余晖走向暮年的我来说，也是瓜熟蒂落的认知，藉此告诉这个世界：我依然在热爱着。

从二十世纪八十年代迄今，我与散文诗不离不弃四十余载，根本的原因是我需要她，她也需要我，这奇妙的缘分令我非常着迷。因此，我从不加入到“什么是散文诗？”“散文诗该如何写？”诸如此类的讨论中去，这种事伤神费时又累心又难有定论，而我又最怕这样的累。做一个纯粹的散文诗作者，只管文本的呈现，不参与聒噪，这符合我想要的选择。

人生苦短，万事纷繁，全力做好其中一件事足矣。

一路走来，感谢一直宽以待我的亲人们，感谢站在路旁一直为我鼓掌的友人们，感谢翻开这本小书的每一个读者。

曹　雷

2022 年 1 月 25 日　成都